Deur die Jare

Marie Meyer Le Hanie

Outeur: Marie Meyer Le Hanie
Voorbladontwerp: Malherbe Uitgewers

Geset in Franklin Gothic Book 12pt

Uitgegee en gedruk deur
Malherbe Uitgewers

VOORWOORD

Hierdie bundel dra ek op aan elkeen van my kinders, kleinkinders, familie en vriende. Saam het ons deur baie mooi jare maar ook droefheid gegaan met die afsterwe van my man Willie en ook my jongste seun Willie-John.

Dankie aan my sussie Martie wat ure saam gelees, trane gestort en ook gelag het.

Dankie aan Heleen Malherbe vir jou geduld met die samestelling van die bundel en buiteblad.

Laaste maar nie die minste, aan ons Hemelse Vader wat my die vermoë gegee het om hierdie bundel deur die jare saam te stel.

Inhoud

Figuur op die Koppie

13 Desember 2016

Die klipkoppie lê uitdagend voor my!
Ek verlustig my aan die reuk van kakiebos en dit laat my dink aan my kinderdae. Ons het as kinders gewoonlik in die veld baljaar en die kakiebos moes dan in die slag bly.

Ek vergaap my telkens aan die klipvorms, sekere klipformasie met verskillende lae kleure, ander weer uitgehol deur die natuur en dit laat my verbeelding daarmee weghol. Die los klippe knars onder my rubber sole. Ek klik met my tong, "wat 'n gemors" wanneer ek die knapsekêrels van my klere aftrek.

Ek draai my botteltjie coke oop en met 'n "pffff" is die rooi proppie af. Die soet koeldrank rol af in my keel. Die stappie raak nou steiler. Ek vorder voetjie-vir-voetjie, my mooi geelhoutkierie in my regterhand om my te help op my tog.

Uiteindelik bereik ek 'n plato. Hoe vreemd, die eerste keer dat ek die opgestapelde klippe gewaar, dit is soos 'n muurtjie gepak, netjies, so asof dit moes dien as 'nkraal.

Van hier waar ek staan kan ek tot dáár onder sien, die pragtige dam, die huis waar ons woon en die murasie wat eens, iemand se tuiste was. Ek gaan sit op 'n groot klip onder die wilde-geelhoutboom. In stilte bewonder ek die toneel daar onder.

Die gras om my is lank en klippe lê oral rond. Ek word yskoud... hy sit beskut, half teen die rots onder 'n Kareeboom. Geklee in kakieklere, sy paprand vilthoed verberg sy oë. In sy hand hou hy 'n kromsteelpyp en langs hom lê 'n ou geweer.

Hy groet verskonend en lig sy hoed. Ek ruik nat grond en kakiebos gemeng met die medisinale reuk van bloekomolie.

Ek groet huiwerig en stel myself voor. Hy, seker so vyf-en-veertig, groet en stel homself as Florus voor. Sy songebrande vel is bruin met 'n snaakse bleek kleur. Daar is 'n hartseer uitdrukking op sy gesig. Hy praat met 'n sagte growwe stem.

"Waar kom jy vandaan nig? Dit is mos heeltemal te gevaarlik om so alleen hier rond te loop!" Gerusstellend verduidelik ek dat hierdie omgewing vir my bekend is en dat die honde kort op my hakke is. Ek vra uit oor sy teenwoordigheid hier op die koppie, so met die geweer en alleen.

Voordat hy kan antwoord kom my rifrug-honde al hygend en tongslepend die paadjie op. Skielik steek hulle al drie vas en begin te grom!

"Ag nee, wat is dit dan nou met julle?" paai ek. Met die omdraai, is daar geen teken van Florus nie. Hy het seker maar aanbeweeg toe hy die honde se onrustigheid gewaar, dink ek. Die honde is steeds nie op hul gemak nie, al snuifende hardloop hulle rond, soekend na iemand wat nou net hier was.

Ek vertel later vir Willie van my ontmoeting met Florus daar op die koppie. Hy is onmiddellik omgekrap: "Hoeveel keer moet ek nog vir jou sê om nie so alleen te gaan stap nie, hoe weet ons, hy is nie 'n moordenaar, verkragter of ontsnapte krimineel nie?" Ek antwoord hom nie, maar voel tog, dat alles nie heeltemal pluis is nie, nie dat ek bedreigd gevoel het nie, net iets vreemd!

Die volgende paar dae kan ek net nie vir Florus met sy weemoedige oë en bleek gesig vergeet nie. Terwyl Willie 'n afspraak in die dorp het, besluit ek gou-gou om my kans waar te neem. Hierdie keer gaan ek wel voorbereid. My rewolwer veilig in sy leersakkie en my kierie in my hand, stap ek vinnig die koppie uit, die honde vooruit. Voordat ek die plato met die gepakte klipmuurtjie bereik, begin die honde sagte tjank geluide maak. Doodstil gaan lê hulle onder die Kareeboom, verbasend... daar sit Florus!

Met sy rug teen die stam, geweer langs hom en sy kromsteelpyp in sy hand. Ek groet en vra: "Waarheen het jy nou die dag so skielik verdwyn?"

Steeds met die hartseer in sy oë ignoreer hy my vraag. Met my nuuskierige natuur en waagmoed, vra ek toe weer: "Wat maak jy hier, so met die geweer?"

Hy kyk my vraend aan en antwoord saggies in sy diep stem: "Ek waak maar hier, die Kakies het my vrou Maria weggeneem na die konsentrasiekamp, ek weet die 'Ingelse' gaan terug kom en die huis afbrand."

Ek verstaan nie 'n enkele woord nie!

Willie hét my gewaarsku dat die man gevaarlik kan wees, maar nou wonder ek self? Hy praat van hul baba wat baie siek was en stil in die nag gesterf het, kort voor die Kakies sy vrou weggeneem het; dat hy en Maria die drie weke oue dogtertjie alleen moes begrawe. Hy vertel dat hulle, die Engelse, alles vernietig het, die vee afgemaai en alles wat hul kon, verbrand het. Florus praat sag, en klink moeg. Hy praat van al die vrouens en kinders wat in die konsentrasiekampe aangehou word. Hy sê daar is gerugte dat hulle onder haglike omstandighede daar gevange gehou word.

Ek merk die verskriklike hartseer op sy gesig en voel ongemaklik, weet nie wat om te sê om hom te kalmeer nie? Ek weet wel dat iets nie pluis is nie.

Sag begin ek met hom praat; "Florus, jy is nie nou in die oorlogsjare nie, daar is geen oorlog meer nie. Die Engelse en Boere het vrede gemaak, daar waar die konsentrasie-kamp was, is nou net 'n monument en 'n paar kindergraffies. Florus, ons is nou in die jaar 2015, al die vrouens is vrygelaat en hulle is veilig, niemand gaan die huise kom afbrand nie," paai ek hom.

Florus kyk my verstommend aan?

"My God! Wat het geword!"

Daar is verwarring in sy oë.

Hy staan geruisloos van die grond af op. Sonder om 'n woord te sê, neem hy sy geweer kyk net een maal in my rigting en met sy linker hand raak hy aan sy hoed, knik met sy kop, asof hy groet. Ek wil nog iets sê maar hy verdwyn in die bos. My hart klop in my keel. Ek voel nou heeltemal onseker oor my optrede en twyfel of dit die regte benadering was?

Ek tuur oor die pragtige plaas en probeer myself kalmeer.

Die honde staan stertswaaiend op toe ek aanstaltes maak om terug te stap. Nou kry ek 'n lek op die hand van al drie die honde, so asof hul wil sê: "Dit was goed nooi."

Elke hondekop kry 'n vinnige vryf, ek stap haastig terug huis toe.

Ek meld niks aan Willie van my ontmoeting met Florus nie, maar die gesprek en ontsteltenis wil my net nie verlaat nie. My kop kolkdraai, wat is dit dan nou, dat ek die man nie uit my kop kan kry nie. Hy het net te vinnig verdwyn, dieselfde as die vorige keer? Geen mens loop mos, sonder om 'n woord te sê nie?

Dit is 'n baie onrustige nag vir my. Die nagmerries jaag my en my drome is so deurmekaar. Eers droom ek van Pappie wat jare gelede oorlede is en dan van Ouma wat iewers siek lê. Ag, dis net een lang nagmerrie.

Uitgeput, staan ek vroeg op. Geklee in 'n warm sweetpak, stap ek uit. Ek word begroet met die dou nog wit oral op die gras en die skoon vars reuk van die vroeë oggend. Willie is tevrede, en gelate stem hy in dat ek net 'n entjie met die honde alleen kan gaan stap.

Om die onaangename drome en gister se gebeure op die koppie uit my geheue te ban, draai ek my rug op die koppie. Ek stap vinnig in die teenoorgestelde rigting. Die honde al spelend vooruit. Die groot opgestapelde klipblaaie om die ou graf naby die lyndraad lê nou hier voor my. Ek was so lanklaas hier, het my ook nooit werklik gesteur aan hierdie ou graf nie. Ek stap nader. Die groot plat klippe is amper geel, dieselfde kleur as die grond. Binne die raam van klippe lê die graf van graniet veilig en beskermend teen dier of natuur wat dit kan beskadig. Die kakiebos en knapsekêrels groei welig om die graf. 'n Populierboom het ook sy weg gevind hier teen die graf. Met my rug kromgetrek kruip ek tussen die, seker een en 'n half meter hoë klippe deur en staan half op die graf. Vinnig trek ek die onwelkome bossies uit die nog, klam grond. Met 'n sneesdoekie vee ek die kopstuk af. Ek hou my asem op toe ek die volgende lees:

Rust In vrede
Cornelius Florus Johannes Strydom
Gebore 1849
Overleden 1908

Ek draai my kop in verbasing, 'n entjie verder uitgelewer aan die elemente van die natuur lê die klein graffie, toegemessel in die vorm van 'n koepel met geen naam of datum nie, net 'n graffie. My gedagtes gaan terug na daar op die plato, die opgestapelde klippe en die uitgebrande hout wat 'n vuurtjie was. My oë tuur verder, die murasie wat eens op 'n tyd 'n woning was. Ek weet Florus Strydom het uiteindelik berusting gevind. Dit, wat daar bo-op die oorblyfsels van 'n boere uitkykkraal gebeur het, was ons laaste besoek. Ek stap rustig terug huis toe, my oë dwaal terug koppie toe en ek kyk na die murasie en onthou dat Florus as 'n trotse boer saam met sy vrou lank gelede daar gewoon het. Die eerste strale van die sonnetjie breek deur en gooi blink strepe oor twee lank vergete grafte.

21 Boschkloof Boschfontein
Heidelberg
1438
(Ek gee erkenning aan Florus se graf en inskrywing wat korrek is. Sy graf is op ons grond. Wat sy werklike verhaal is, weet ek nie? Dit is 'n fiktiewe storie van die graf en koppie. Net toevallig, na bietjie navorsing het ek uitgevind dat sy moeder ook 'n nooi Meyer, soos ek is).

Deur die jare

Die jare van 'n nuwe lewe en hoop
agter-agter agter oupas en oumas
kom van Nederland, Duitsland en Frankryk
Ryger, Drommedaris en De Goede Hoop.

Die volgende eeu, groot vermoei
boere oorloë, grootgriep.
alles gepaard met ontsaglike verdriet
vroue kinders, en plase uit geroei.

Groottrek met ossewaens
oor berge en dale
kaalvoet en ellende
die boere word gedryf na veilige laers.

Die eeu daarna
dit is waar die meeste van ons
tegnologie sien ontplof
almal staan verslae
niks is meer dieselfde nie
ons druk knoppies, gee stem opdragte
tog, het alles dieselfde gebly.

Mense word siek, sterf en steeds, geen raad nie.

Augustus 2014

Foto's in Rame

So hang die foto's in rame
sommige reeds vergeel met tyd
almal van hulle het name,
dan kom die dag van afskeid

die belangrikes pryk bo,
as helde en die vername
die ander om net te sê, dit was ook so,
oor 'n paar jaar is dit net vergete familie name

elkeen het 'n spesiale plek,
wat het jy gedoen vir die spasie
dalk net daar gestaan vir die generasie

uiteindelik word ons almal
maar net vergete, foto's in rame.
vergeel, sommige reeds afgeval
almal sonder name.

6 Augustus 2014

Mamma

Mamma spook en spartel
"kom ons spel"
"sit stil, bly stil"
"kom, laat mamma jou vertel!"

mamma maan en tug
alles, met 'n vreeslike sug
dit is alles môre weer na die maan!

tien jaar later
sukkel ons steeds om te spel
b, ê, b, ê is be, en word nie b, i, gespel
dit laat my skater!

alles was nie te vergeefs
my seun het maniere.

Augustus 2014

Winkelpop

Ek sien jou staan
die son maak goue strepies in jou hare
die kurwes van jou liggaam maak my stom
jou vel so glad, ek wil so graag aan jou raak

hoe klink jou stem?
dit moet wees soos engelklanke
daar is 'n glinstering in jou oë, kyk jy vir my?
jou lippe is vol en rooi, ek wil jou aanraak

wie is jy en waar kom jy vandaan?
jy staan so stil, jy met die mooi rok
ek staan nader om jou stem te hoor
maar dan sien ek
jy is maar net...
'n winkelpop!

Maart 2014

Yskoue Monster

Yskoue monster grom en suig
'n gedaante getooi in spierwit gewaad
die geritsel van papiere
'n sagte gefluister van die liggaam vooroor gebuig

hande vasgebind met lappe
'n mond gestil met 'n plastiek gorrel
rooi ink loop stadig, in druppel vir druppel
dit kleur die smal pad van die tonnel

oë wat smeek vir genade
hande beur en ruk
niemand verstaan
hier vasgevang soos 'n wilde dier!

een klein muskiet
met 'n giftige angel
deurboor die vel
'n paar dae later is hy in die hel

yskoue sweet deurweek die kleed
verwarde oë wat niks verstaan
die gif het die liggaam deurspoel
en werk om alles te vernietig wat bestaan.

Ysterraam

'n Lewelose liggaam
vasgemaak op 'n koue ysterraam
wit linne doeke
verberg die vernedering wat bestaan

met aaklige suig geluide
rommel en grom
die sogenaamde lewensaar
om nog 'n lewe te probeer spaar

oë soebat en smeek
"laat my gaan"
die hande ruk, en
magteloosheid maak hom gedaan
besoekers kom en gaan
almal wens beterskap
maar hoe dan?
niemand verstaan

bloed en plasma
toetse en verslae
beloftes van beterskap en ballonne
die laaste sonstrale maak strepe van 'n prisma
een bloeddruppel
stoot vanuit die holtes op
"asseblief Vader, help tog!"
die leiding is só groot!

die einde is daar!

sy Verlosser het gekom
met uitgestrekte hande
neem Hy hom saam.

Augustus 2012

Roosboompie

Roosboompie jonk en vol in pronk
jy is getooi in die mooiste rooi

elke takkie welig bedek
vol kleur, almal wil jou blomme pluk

wat het geword?
jou stam is droog en jou blare vaal!

geen rose meer!
sonder trots en eer!

hierdie boompie is besig om te sterf
niemand het gesien hy het getreur!

almal was te besig om hul eie wonde te lek
skoon vergeet om roosboompie te bedek.

Die Kruis

Dit is nog koel en met loodsware voete en 'n onstuimige hart stap Rita na die fontein. Die helder water van die stroompie lok haar nader. Dit is hier, waar sy reeds so baie droewige ure spandeer het.

Die sonnetjie het net-net uitgekom en die voëltjies is al hard besig om luidkeels die nuwe dag aan te kondig.

Sy dra swaar aan die tuingereedskap wat moet help om haar kop skoon te kry. *Ek is so verward, wat moet ek doen?* dink sy. Die vars, nat gras en grond knars onder haar nommer vyf skoene.

Die honde gewaar haar en kom al drawwend nader, elkeen wil sy persoonlike aandag hê. 'n Nat snoet teen haar been en 'n lek aan die hand, sy klap met haar tong: "weg julle!" Die drie honde hardloop uitbundig draaie vooruit, sonder om haar ongeduld te merk.

Die gereedskap word langs 'n groot boom neergesit. Haar wange voel klam wanneer sy die krulle uit haar gesig vee. Die koel vingers van die bloekomblare vee sag oor haar bleek vel, en laat nat en blink spore agter.

Met sagte kabbels spoel die skoon koel water oor die klippies, nou en dan vaar 'n takkie of blaartjie soos wafferse rivierbootjies die stroompie af en uiteindelik vind sy 'n bestemming in die dam verder ondertoe.

Hemelse klanke word opgetower deur die groter en kleiner klippe met die water wat daaroor rol. Dit suis, klingel, tamboer en rammel in verskillende tone.

'n Groot druppel biggel in haar oog en loop uiteindelik oor haar wang, en drup in die stroompie.

Die smaak van sout kom by haar op, wat haar herinner aan soveel jare se lief en leed. Sout, soos in 'n sak sout!

Een hart pyn te groot vir die holte en sy uiter *Vader gee my krag! Soveel hartseer kan nie net één enkele hart hanteer nie!*

Die traandruppel val en vermeng met die water in die stroompie, die stroompie beweeg stadig met die traandruppel en word deel van die groot dam verder.

Vir 'n paar oomblikke staan Rita net so en wonder *wat nou?*

Asof van nêrens, kom die groot rifrug nader en kom lê by haar voete, so, asof hy die verdriet kan voel.

Sy beweeg ritmies, en met die kap en snybewegings maak sy 'n paadjie so ver sy beweeg. Saggies sing sy *O Heer my God*. Haar asem jaag maar sy laat haarself geen oomblik kans om te rus nie.

Terwyl sy vorentoe beweeg kyk sy af en toe op, om te sien hoe ver dit nog is tot bo-op die koppie! Sy staan 'n oomblik stil, vee die sweet van haar voorkom af. Skielik onthou sy die raam wat nog by die huis lê, wat 'n voëlverskrikker moes word!

Vinnig sit sy alles neer en stap haastig terug huis toe.

Die raam is te groot en swaar om te dra, maar sy sleep hom maar saam. Dit laat een lang streep in die grond agter haar. So beur sy vorentoe met die 'kruis' tot waar sy haar gereedskap gelaat het.

Sy begin weer stelselmatig met die kap-en-sy-bewegings, maar nou moet sy die raam ook elke paar tree nader sleep soos sy vorentoe beweeg.

Die singery het ook nie opgehou nie. Die liedjies verander net na 'n tydjie na *al was ek nie, daar nie, ek weet dit is waar* en *prys die Heer met blye galme...*"

Stadig beweeg sy vorentoe.

Sy gaan sit 'n paar oomblikke, en bespied haar omgewing en dink *hmmm, glad nie sleg gedoen nie.* Sy maak die botteltjie koeldrank oop, en neem 'n sluk, maar nou laat dit haar dink aan lou, swart koffie, nog net soet en nat.

Sy verlustig haar egter aan die nattigheid in haar droë keel. Sy kyk vir 'n oomblikke na haar hande en sien die rooi eelte. *Dit lyk nie naasteby soos my hart nie!* dink sy.

Die groot Akkerboom staan hier voor haar, dan word sy herinner aan die sinkbordjies in die papiersak wat sy vroeër geverf het. Sy krap 'n rukkie in die sak en haal uiteindelik die bordjie uit.

Sy neem 'n paar spykers, sit dit tussen haar lippe, 'n yster smaak kom in haar mond. Rita krap weer in die sak en tower 'n hamer op, sy stap om die groot boomstam opsoek na die geskikste plek vir hierdie spesiale bordjie.

Uiteindelik besluit sy waar en hou die sinkbordjie teen die stam, en met die ander hand begin sy te kap, na 'n paar minute pryk haar boodskappie teen die

Akkerboom – WANNEER JY OP JOU LAAGSTE IS, IS GOD DIE NAASTE AAN JOU!

Tevrede staan sy terug en beskou haar handewerk en sê vir haarself; *toe-toe, daar is nog baie werk wat wag!*

Sy begin weer met die gekap, en al singende vorder sy, voetjie-vir-voetjie. sy beur vorentoe. Haar gedagtes neem haar jare terug.

'n Jong meisie word as bruid aan haar pa se arm die kerk ingelei – sy voel bietjie onseker, so asof sy moet omdraai en weghardloop. Maar haar pa hou haar stewig aan haar arm ek kyk vertroostend na haar. Sy is reeds uitgeput van al die vooraf doenigheid van aantrek, grimering en fotosessie. Sy kyk af na haar pragtige spierwit troutabberd wat wyd uitklok en versier is met duisende pêreltjies en diamante. Haar pa het aan die plafon 'n groot haak ingedraai waar haar pragrok vir 'n paar dae, bedek met 'n witlaken, (sodat niemand die uitrusting voor die tyd mag sien nie) dit het soos 'n ewigheid gevoel.

En nou is sy hier. hulle bestyg die trappies van die NG kerk treetjie-vir-treetjie, wonder sy of daar darem enige gaste sal wees? Die klank van die kerkorrel begin met die troumars van Handel – sy sien net gesigte, hier en daar iemand wat vir haar glimlag. Haar oë beweeg tot daar voor by die kansel en sy sien hom. Hy lyk so aantreklik, geklee in 'n manelpak, grys broek en sy kuil in die hand, sy mooi wit tande glinster toe hy nader stap en vir haar glimlag. Plegtig ontvang hy haar by haar pa, en lig haar sluier en knik goedkeurend en sê saggies: "Jy lyk pragtig!"

Daar was soveel wonderlike, gelukkige jare, maar ook dae wat sy soos 'n goggatjie, vasgevang in 'n spinnekopweb, gevoel het. Hoe meer sy gewikkel het om uit te kom, hoe stewiger het sy aan die gom vasgesit.

Sy het deur die jare wel begin leer om sekere dinge te oorbrug, en selfs byna te aanvaar. Soms was sy eensaam en so alleen, ten spyte van hul pragtige vier kinders, wat uit die huwelik gebore is.

Sy kyk terug en sien dat sy nog 'n paar tree gevorder het en vee die sweet met 'n sneesdoekie af.

Die dag toe hy haar in sy vertroue geneem het, het hy haar vertel van sy pa se alkoholisme. Hy vertel haar ook oor die dag toe sy ma moes keer omdat hy sy pa oor sy optrede met 'n geweer wou vernietig. Dit was maar met 'n klein loergaatjie wat sy, in sy kinderlewe gekry het.

Dit het haar 'n bietjie meer insig en empatie gegee in sy lewe en optrede. Probeer verstaan, maar Bacchus en Dionisus het ook 'n krakie in die venster van hul huwelik gemaak. Uiteindelik was die gebarste kruik sigbaar.

Haar arm voel lam van die gekap, en sy soek 'n groot genoeg rots om op te sit en 'n voëltjie tjirp-tjirp hier naby haar en sy voel die hitte uit die harde rots onder haar lyf.

Sy dink terug, so paar weke gelede, toe hy haar meegedeel het, dat hy Mosambiek toe gaan vir 'n paar dae. "Alleen?" het sy hom verbaas gevra?

Haar hartseer is so groot, doringdraad en turksvydorings deurboor haar keel.

Sy is in 'n maalkolk van emosies en die trane wil maar net nie wyk nie, en sy gryp weer die kapmes, vee die trane ergerlik af. Daar is geen windjie nie, en die son steek warm op haar gesig.

Met die terugkyk, besef sy, dat sy al oor die Blackwattle se toppe kan kyk – dit beteken, sy het byna die kruin bereik! Nog 'n paar meter, maar nou beweeg sy met mening ... buk en kap, buk en kap...

'n Yslike groot rots lê nou hier voor haar, sy moet 'n paadjie vind om bo-op hierdie rots te kom. Met 'n groot gesukkel en 'n geklouter soos 'n seekat is sy uiteindelik bo!

Sy kan haar oë glo nie! 'n Gleuf in die middel van hierdie groot rots, grootgenoeg vir die houtkruis om staan gemaak te word!

Dankie Vader prewel sy, *U het my gelei tot hier, U weet en ken die pyn in my hart, dankie dat U my die weg gewys het, gee dan vandag dat hierdie Kruis 'n simbool van U teenwoordigheid elke dag op hierdie plaas, vir elkeen van ons sal wees.* Plegtig druk sy die Kruis stewig tussen die twee rotse in.

Tevrede gaan sit sy voor die Kruis en tuur oor die plaaswonings uit. Dit is 'n mooi gesig en is so rustig en stil. Net sy, God en die Kruis! Die honde wat haar rustig dop hou. Onrustig met die gedagte... wat gaan nou gebeur...

Om te vergewe is om 'n gevangene vry te laat en dan te besef dat jy die gevangene self was.

Sy kyk op haar horlosie en besef, ure is reeds verby en dat sy haar sal moet haas. Dit is amper besoektyd en sy moet weer tot onder en ook nog gaan bad.

Twee ure later, staan sy weer voor die koue ysterbed met die liggaam wat so vinnig uitgeteer het. Sy hande is met lappe aan die kante van die bed vasgebind. 'n Aaklige dik plastiekpyp voer suurstof na sy longe. Die wanhoop in sy oë laat haar magteloos voel.

Die fratsongeluk wat niemand kon verklaar nie, is vinnig met 'n bloedtoets bevestig! SEREBRALE MALARIA!!

Nou, drie weke later, en hier lê hy, vasgebind en gekoppel aan die aaklige ystermonster met bloed en plasma in sakkies wat stadig deur dun pypies loop in sy are om die verwoesting wat een enkele muskiet veroorsaak het, te probeer teenstaan.

Besoeke en oproepe van vriende en familie, gee die troos dat hulle nie alleen is in hierdie moeilike tyd nie. Daar is geen werklike verbetering in sy gesondheid nie en dit maak die magteloosheid in haar net groter. Wat kan sy doen? Hy verstaan nie meer wanneer sy met hom praat nie, is verward en deurmekaar.

Uitgeput en moedeloos ry sy stadig huis toe en na 'n warm koppie tee en toebroodjie trek sy haar nagklere aan en kruip tussen die warm lakens in.

Om siek te word is soms soos 'n vliegtuigrit in 'n storm, as jy eers eenmaal aanboord is kan jy nie uitklim nie.

As iemand jou seergemaak het, is daar geen genesing voordat jy vergewe het nie.

Sy val in 'n onrustige diep slaap.

Skielik lui die selfoon voor haar bed en die naam op die foon wys ICU! Sy kyk op die horlosie en sien dit is drie uur! Sy antwoord die foon onmiddellik en 'n vroue stem aan die ander kant bevestig haar onrus: "dit is suster Heleen van die ICU, dit gaan nie goed nie. Mevrou moet asseblief maar kom? Jy weet wat dit beteken?" Sy bevestig en sê sy kom dadelik. Die suster raai haar ook aan om nie alleen te kom nie.

Vinnig trek sy aan, en terwyl sy in die motor is, skakel sy haar seun en steunpilaar om haar by die hospitaal te ontmoet.

Hulle vind hom, hortend met bloed wat druppel-vir-druppel by die hoekie van sy mond uitloop. Sy probeer dit vinnig afvee asof dit die einde sal vertraag.

Na 'n paar minute besef sy, al die kinders is daar. Bleek kyk almal na hul sterwende vader.

'n Maalkolk van emosies oorweldig haar. 'n Snik bars uit haar bors en 'n onbeheerde ruk in haar binneste. Sy probeer haar verdriet inhou om nie die kinders meer te ontstel nie, maar ontsettende hartseer stoot op tot by haar keel en maak haar kake stram en seer. Vertroostend druk haar seun haar hand: "Dit sal okay wees ma!"

Tien voor ses blaas hy sy laaste asem uit...

Ongelowig en skokkend probeer elkeen homself troos met een of ander verduideliking. Met die opkoms van die son ry sy en die kinders met geknakte vlerkies die plaas binne. Bo-op die koppie staan die Kruis, trots en met hoop.

Soos 'n Vader wat waghou oor sy kinders staan die Kruis, stewig bo-op die kruin. In stilte ry hulle deur die veiligheidshek, met die wete dat Willie veilig is, geen pyn of bekommernis het nie, God is in beheer.

Hierdie Kruis het almal se troos in die toekoms geword. Die liggies wat snags die Kruis verlig is al wat in die donker nagte bo-op die koppie sigbaar is, en sy weet God is in beheer!

Jeug Jare

Dit het so lank geneem voordat hy hierdie paadjie weer sou aandurf. Hy staan voor sy ouerhuis, hier waar hy agtien jaar van sy lewe gewoon het!

Soveel water het in die see geloop, vandat hy as kind hier grootgeword het. Hy ruik die vis en die reuk van die see, en trek sy asem diep in. Die koel windjie waai sy donker hare deurmekaar.

Die ou hekkie by die voordeur lyk nog maar dieselfde, wel, ietwat beter as die tyd toe hulle daar gewoon het. Die hekkie is nou silwer geverf. Daardie jare was hy rooibruin, en daar was roeskolle hier en daar wat blasies gevorm het. Hy wonder of die hekkie nog so skril geluid maak wanneer hy oop gestoot word?

Met die gedagte maak hy die knip los, met 'n klik geluid stoot hy die hekkie geruisloos oop. Verbaas kyk hy rond, maar stap dan vasberade na die voordeur. Hy steek vas en onthou, Ma het 'n pragtige roosboompie teen die draad gehad, wat soms die mooiste wit rose gedra het. Daar is nou egter geen teken van die pragtige boompie nie.

Die smal sement stoepie, dit is waar ons ure met die bal gespeel het, dink hy.

Hy probeer sy herinneringe terugneem, hoe was die eerste skooldag? Daardie tydperk is vir hom onduidelik, maak sy kop deurmekaar om te probeer onthou, amper seer.

Sy voetstappe klink hol. So met sy lenige slanke bene neem hy die eerste tree tot op die stoep en sien dat alles verander het. Die huis het 'n nuwe rooi dak gekry en lyk ook asof die huis groter gemaak is. Die roosboompie het plek gemaak vir 'n groot bruin pot, 'n Malva plant wat welige rooi blomme dra, pryk nou in Ma se roosboompie se plek. Vasberade stap hy tot by die voordeur en klop saggies aan die deur! Pa het meeste van die tyd deur die dag geslaap, omdat hy nagskof moes werk. Hoop maar niemand slaap nou nie!

Terwyl hy wag, kyk hy om hom rond.

In sy herinneringsbank sien hy Ma op die houtstoel in die sonnetjie sit met haar breiwerk, 'n veelkleurige kombersie wat nou al soos Josef se kleed begin lyk. Sy praat nie veel nie, net die klik-klak van die staal breipenne is hoorbaar, met die reuk van vars boerekos in sy neus.

So verbeel hy hom dat hy Danie, Hannes, Elza en homself op die muurtjie sien sit en radio luister.

Nou is dit net hy en Hannes wat oor is, hy sluk hard en vee met sy hand oor sy oë. Elza sy ou sussie, is ook onlangs oorlede na 'n leiding met kanker.

Terwyl hy so dagdroom wonder hy, of hulle hier is, alles is doodstil binne, selfs die gordyne is toegetrek. Hy luister of hy nie iets hoor nie, daar is 'n geluid in die straat, swief, swaf, swief, swaf. Karel draai om en sien die jong man wat op sy fiets met té pap wiele indraai by die bure se hekkie. Die seun lyk nie heeltemal normaal nie, maar groet heel vriendelik. "Oom die mense is nie hier nie," sê hy asof hy 'n geskenk gebring het.

Teleurgesteld staan Karel nog so paar minute besluiteloos, so gehoop die mense is tuis. Hy wil-wil Ma se tuisgebakte brood ruik, die geur van vars koffie! Ma met haar vrolike voorskootjie waar sy haar hande altyd so wrywend in die voorskoot gehou het.

Hy klim in sy motor, en ry stadig in die smal straatjie af wat 'n taamlike afdraande is. Hy draai regs en sien die groot huis waar Linda, sy eerste liefde gewoon het. Hy onthou hoe sy altyd op dieselfde ou muurtjie gesit het wanneer hy van die skool af gekom het, soos 'n meermin met haar lang blonde hare en slanke bene. Sy was moontlik ouer en ook Engelssprekend. Nooit het hy die moed gehad om haar te sê hoe hy oor haar gevoel het nie. Wat sou van haar geword het?

Hier is nou geen kinders te bespeur nie, seker in die skool, dink hy. Almal het ure hier in die straat spandeer met verskillende balspeletjies en hy onthou die kere wat hy sy arm gebreek het. Ma was maar altyd die een wat gepaai en ons kinders probeer kalm hou het.

Met heimwee dink hy aan die tyd op hoërskool toe hy as kaptein van die eerste span krieket verkies was, en die groot teleurstelling die dag toe hulle vir die proewe gekeur word, hy té siek was om skool toe te gaan. 'n Stukkie van sy hart het daardie dag doodgegaan. So jammer hy kan nie veel van Pa onthou nie! Hoekom kan hy nie onthou van die trots wat hy so graag in sy pa se oë wou sien wanneer hy met sport 'n prestasie behaal het nie?

Hy ry verby die NG Kerk met sy toring, wat steeds so trots daar staan. Die ou Lukwartboom, is soos 'n familie stamboom, met al sy takke, wat die geskiedenis van elkeen wat hier gespeel, of kerk toe gekom het, sou ken. Van dooplegtigheid, troues en begrafnisse; het hy nie self hier gestaan toe Pa en Ma begrawe is nie, en het hy nie sy eerste bruid uit hierdie kerk gelei nie? Die boom wieg steeds soos hy as kind dit onthou, heen en weer en skud sy blare soos die wind deur die takke speel, so asof hy wil sê, ek onthou jou!

Die motor neem hom 'n entjie uit die dorp waar hy die bordjie Humansdorp sien. Hy trek van die pad af en sluit die motor af. Dit is met hierdie paadjie wat hulle as gesin gereeld vir familie gaan kuier het.

Nog so paar minute droom hy oor die verlede, sy niggie Elza, sy vriende, Sampie, Johnny, Stefan, Leonie, Monna. Hy onthou die vrolike garage partytjies wat hulle Vrydae-aande gehou het, so verbeel hy hom dat hy Bill Blacks Combo se musiek hoor, en die meisies met hul hoepelrokkies sien rond dans. Hoe hulle ge-jive en later gerock en roll het.

Waar is die jare toe dit nog veilig was om eerder 10 km strand toe te kon stap, sodat hul met die busgeld chappies kon koop.

Hulle het ure op die strand spandeer, al was dit koud het sy vel van die soutwater gebrand.

Met al die dromery, draai hy om en ry stadig terug dorp toe. Hier staan die groot gebou wat nou, Mental

Hospital aandui. Dit is hier waar hy maande as 'n tuberkulose pasiënt behandel was. Tydens sy weermagopleiding het hy ernstig siek geword, en is toe so gediagnoseer. Die tyd wat hy as pasiënt daar behandel is, moes seker moeilik vir Ma gewees het, sy moes met 'n bus kom en ver ente stap. Hy het nooit so daaraan gedink nie, was maar net so bly wanneer sy gekom het.

Hy hou weer stil en kyk na die baksteengebou, wat vir baie maande sy tuiste was. Dit was nadat hy ontslaan is, dat hy en Ma by Elza in haar woonstel gaan woon het. Sal hy ooit vergeet, sy eerste motor was 'n wit Ford Escort, so blink en mooi!

Die motor word aangesluit, hy wag dat die aankomende verkeer verby beweeg, stadig ry hy 'n entjie en draai by 'n hek in.

Hy klim uit en stap nader. Die gruis knars onder sy skoensole, honderde graniet kopstukke met verlies van net goeie mense loer vir hom.

Karel tel drie die kant toe, twee hierdie kant toe, en daar sien hy hom! Die reuk van bloekomolie, vars blomme en 'n effense reuk van gebrande hare kom by hom op. Sy gesig voel klam van die koue wind wat waai, so amper asof die wind die hartseer en verlange van lank vergete tye ken.

Die gekraakte dubbele graf, 'n vuil mayonnaise botteltjie met die oorblyfsels van 'n paar droë blommetjies, die inskripsie:

In Liefdevolle Herinneringe Aan

My Dierbare eggenoot
Moeder
Ons Vader en Oupa
Ouma
Gebore 29-10-1903
Oorl.17-10-1965
Wat Hy kon doen het
Hy gedoen

Ons Dierbare

Ouma en Groot

** 10-03-1912*
+ 8-12-1987
Veilig in Jesus
Arms

Vir 'n paar minute staan hy beteuterd rond, vee sonder om enige verskil te maak oor die naam van Susanna, dit voel koud en stowwerig, maar tog glad, amper sag, hy hurk langs die graf en prewel 'n paar woorde. 'n Traan wat sy oë dof maak, vee hy ergerlik af en stap vinnig weg.

Die laaste strale van die wintersonnetjie flits tussen die bewegende blare van die populierbome.

Sy hare wat nou ook die silwer van die jare begin toon, skyn blink op sy kop. Nou weer terugkeer, na sy eensame lewe en net die herinneringe wat oorgebly het. Sal sy kinders ook eendag terugdink en wonder, waar was pa, het hy die trots in sy oë gehad?

Agter op die sitplek lê sy kombersie, soos Josef se kleed wat Ma stukkie vir stukkie met liefde aanmekaar gewerk het, sy enigste en kosbaarste besitting van Susanna Johanna Van Eyk.

2015/07/01

Die Verlede

Hy dink aan sy verlede
aan vriende en mooi meisies lank gelede
met weemoed dink hy terug
aan daardie onverskrokke jeug jare

waar is sy vriende nou
soveel vrae onbeantwoord
hy spandeer ure op soek
na sy jongmensdae

tyd stap aan
hy vergeet van die hede
die mense naby hom raak verlore
en word ook deel van sy verlede.

Tik-Tak, Tik-Tak

Die tyd stap aan
geel sonstrepe op die vloer
voëltjies se gekwetter en tjirp in die bome
tyd het aan gebreek om te gaan

tik-tak, tik-tak
wat lê gebêre in die toekoms
toe gebou in 'n kombers van hoekoms
wat is reg, wat is verkeerd

slegs die tyd sal bepaal
tik-tak, tik-tak
ons moet gaan
bitter soet is die afskeid

hou die kop omhoog,
dit het tyd geword om te groet
tik-tak, tik-tak.

Julie 2014

Vergete Paaie

Sy stap met loodsware voete in, die mense sit oral op bankies en stoele. Die effense reuk van urine en vars cobra politoer en Dettol op die blink gepoleerde vloere laat haar half naar voel in die stil gange.

Met die verbystap loer sy in 'n kamer in. 'n Ou dame sit ernstig en gesels met haarself, sy beduie met haar kromgetrekte vingertjie. 'n Ander Tannie sit wenend, sy wieg heen en weer asof sy 'n baba sus. Eenkant op 'n stoel, uitgeteer, hang 'n gryskop tante asof sy enige oomblik van die stoel gaan afval. Sy snork saggies soos iemand in 'n diep slaap. Elkeen in sy of haar eie wêreld. Niemand praat met mekaar nie.

Sy stap verder die gang af en word bewus van haar skoenhakkies wat klik-klak op die blink vloer. Hier en daar stap iemand, op soek na iets.

Sy vind hom alleen op 'n bankie.

Hy staar voor hom uit, kyk nie op toe sy nader stap nie.

Die man in die hoekie groet, so asof hy verskoning wil vra, die ander besig met hul eie gedagtes en nie eers bewus van haar teenwoordigheid nie.

Die wind speel tamboer met die gordyn teen die venster, af en toe gooi die son disko strepe op die vloer. Een-twee, een-twee-drie-vier, een-twee-drie, ek tel dit ritmies, maar hier, in hierdie kamer is dit alles behalwe 'n vrolike disko.

Sy dink terug aan hierdie maer liggaam wat haar wantrouig aankyk. Hy was die selfversekerde man, fors geboude trotse skoolhoof, wat geen swakheid sou duld nie. 'n Man wat elke dag netjies aangetrek in 'n pak klere en das was. Dit was slegs sportdae of tuis, wat hy gemaklik in 'n netjiese kortmou hemp sou wees. Hy sou nooit toegelaat het dat enige iemand hom ongeskeer sien nie. Soos hy deur 'n ring getrek kon word, was ook alles wat hy gedoen het, sy lessenaar was pynlik netjies, alles op hopies, en hy het presies geweet waar wat was. Hy het geweet hoe om elke situasie te hanteer, en hy was die persoon waarheen almal gegaan het vir raad. Hy het altyd 'n oplossing vir almal se probleme gehad.

Sy praat sag met hom, "Het jy vandag iets geëet?" Hy kyk haar verbaas aan. *"Hoe vra sy nou so iets?"* dink hy, *"Ek het weke laas geëet"*, maar hy sê niks nie...

Eenkant teen die venster stamp 'n brommer sy kop wanhopig teen die ruit om te ontvlug!

Sy dink aan die dag toe Wouter uit die boom geval en sy arm gebreek het, sy was verlam van skok. Dit was hy wat kalm gebly het en rustig gesê het: "gaan haal 'n klam handdoek, drink jy 'n glas suikerwater, dit lyk nie vir my te ernstig nie, maar kom help my om Wouter by die motor te kry, dan neem ons hom maar in elk geval dokter toe net om seker te maak".

Verwonderend kyk hy na haar, hy het haar al iewers gesien maar weet nie waar nie... Hy kyk na haar hare en dink *"Dit lyk mooi"* hy sien die oë, haar lippe...

'n Traan biggel in sy oë... wat is dit dan nou?

Hy voel so hartseer, waarom sal dit nou wees?

Sy merk sy hartseer en plaas haar arm om sy skouer...

Hy ruik iets soos... is dit blomme... hy het dit al iewers geruik. Sy skuif terug en neem sy hand... Hy voel amper veilig met die vrou so naby hom, so asof sy hom verstaan. Sy praat van mense van wie hy nog nooit gehoor het nie, dan noem sy 'n naam en skielik weet hy dis sy pa van wie sy praat.

"Hoe gaan dit met hom, is Ma by die werk?" vra hy.

Sy kyk na hom en glimlag... "Baie goed, ja sy werk," speel sy saam.

Sy haal 'n groot blou boek uit 'n sak. Sy vou die boek met 'n swiep oop. Op die eerste bladsy is vyf foto's wat glansend lyk deur die lig van die venster. Sy wys hom foto's en noem name van vreemde mense. Hy wonder wie die vreemde mense is en waarom sy dit aan hom wys.

Dan sien hy 'n foto... en herken Wagter sy hond! Hy kyk haar verstommend aan!

"Waar kry jy die foto, dis Wagter my hond! Hoe gaan dit met hom?"

Met 'n knik van haar kop sê sy: "Goed, baie goed."

Hy kan nie verstaan wat hy hier in hierdie plek doen nie, alles is vreemd. Hy ken niemand hier nie, selfs dit wat hy aan het, is iemand anders se klere. Waarom moet hy hier bly? Hy ken dan nie eers die plek nie!

Hy staan op en stap na die venster, met sy vinger tik hy hard teen die ruit en sê: "Dit is die hele probleem, hierdie glasmure tussen ons." Sy sien die aggressie en stap nader en neem sy hand sag in hare.

Hy kyk vreemd na haar maar voel tog beter. Hy gaan sit weer langs haar. Hy kyk lank na haar en vra: "Hoekom is daar wol in my kop?"

Sy druk hom net teen haar vas en sê: "Dis okay, dit sal beter word." Sy sluk die knop in haar keel weg. Sy weet die wol gaan nie beter word nie, maar môre het hy dit gelukkig vergeet.

Haar gedagtes neem haar terug toe hulle twee die dag na Dr Cohen is. Alles was so klinies en op sy plek in die wagkamer. Hy was kwaad en nie baie gelukkig om dokter toe te kom nie. Hy het gesê hy is nie siek nie!

Vir maande al het ons gemerk dat daar 'n verandering in sy emosies en geheue was. Die dag toe hy die bediende beskuldig van diefstal het ek besef hier is 'n probleem. Die sambreel wat hy vir haar twee dae gelede gegee het, kon hy nie onthou nie. Hy het begin vergeet om te skeer, om sy pille te neem en die geduldige man het in 'n aggressiewe persoon verander.

Vir 'n flits van 'n sekonde dan is alles weer weg, soos 'n flits wat in 'n donker tonnel aangeskakel en onmiddellik weer verdoof word.

Die verlede is soos skimme in die mis, hy sien net die vorms maar daar is net geen herkenning of herinnering nie...

Dr Cohen was baie vriendelik en het hom gou op sy gemak laat voel. Hy het gesê hy gaan 'n paar toetsies doen.

Die eerste vraag was: "Weet jy waar jy nou is?"

Hy kon die regte antwoord gee. Daarna het nog heelwat vrae, soos watter seisoen is dit nou, wat is die datum, watter dag is dit?

Hy het 'n paar items genoem en gesê hy moet dit memoriseer. Direk daarna het dokter Cohen hom gevra, en hy kon byna almal onthou. Dokter Cohen het ander algemene vrae gevra soos wat se werk het hy gedoen en hoeveel kinders het hy. Na 'n paar minute het hy hom gevra om daardie items weer te noem? Hy was ongemaklik, het begin rond skuif en verskoning gemaak omdat hy slegs twee van die items kon herroep. Hy sê hy het vergeet!

Na 'n uurlange besoek het dokter Cohen met baie simpatie in sy amper swart oë met ons albei gepraat. Sy bevinding was dat hy op die begin stadium van Alzheimer is en dat daar geen medikasie is wat die toestand kan omkeer nie!

Die woorde "ek het vergeet" het deel geword van sy daaglikse spreektaal.

Die hede... dit is waar hy nou is, waar is dit?

Wie is ek, wie is jy, en al die ander?

Waarheen is ek op pad, waar kom ek vandaan?

Hy kyk terug op sy paadjie, al wat hy sien is 'n kronkelpaadjie wat wegraak in die mis.

Haar borskas is te klein om die hartseer te hou. Sy stap uit en sê saggies: "Paul, die foto was nie jou pa nie, dis jou seun, en ja, dit is Wagter maar hy is reeds 20 jaar gelede dood ek is nie sommer net iemand nie..."

Dit is die onseker verwronge donker en verlore paaie van Alzheimer.

Weerwraak

Onbesonne daad
het die hele gemeenskap geskaad
wellus en drange na 'n ander se eiendom
het trane laat rol

weerwraak
het in 'n storm ontaard
donderwolke kolk en draai
bome wieg en swaai

groot reëndruppels plons neer
groot skade is ongedaan
dakke word afgeruk
huise stort ineen

lewens is verwoes
kan alles verander na voorheen?
erkenning en vergifnis
sal vriende weer saam kan staan?

dit wat gebeur het was
onbetaam, ongevraagd
berou, vergifnis vergewe
en beweeg aan

net by God
is daar 'n nuwe skoon lewe.

Hemelse Skouspel

Agter die deurskynende
blink glasraam
die lugvertoning
spesiaal vir my om te aanskou
grou wit lug wat alles omvou

skyfies van silwer en grys
sirkels wat deurentyd
kom en gaan
net die grou wit lug
weer die flits van silwer en grys

een stippeltjie neem die leiding
al die ander volg sierlik
sonder 'n geluid net die
getuie van lewe
dankie buurman

die lugvertoning hou my in bekoring
die sirkelgang van honderde duiwe in vlug
maak my dag
laat my steeds glo aan ewige lewe.

Uit Die Blou Van Onse Hemel

Uit die blou van onse hemel
uit die diepte van ons siel
hartseer en pyn
ons land uitgebrand en verniel

alles was gespaar en opgebou
in 'n oogwink vernietig en weggedra
diepe droefheid
die son sit laag

vuil wapperende plastieksakke
nou die nasionale landsvlag
bloed, roet en trane
harte so seer, niks behoort meer aan jou

diefstal en plunder
die dag van berou, gaan dit kom
is dit nou die einde
ons pragtige land

geheel en al in sy kanon
hoe bly enige mens positief
kyk na Bo en vertrou
God is in Beheer en
beskik oor 'n heel groter Plan.

Die Vyand in ons Midde

Die vyand in ons midde
onsigbaar saai hy vrees en dood
skielik word hulle sigbaar
voete wat stamp en groot gebaar
inenting, mag jou lewe spaar
mense raak kranksinnig
verwoes die land met groot gebaar

18 Augustus 2021

Vrouwees

Trippel toontjies
pienk balletskoentjies
wye blommetjiesrokkie sagte giggellaggie
lang knopkniebeentjies
neergeslane ogies
dik lang vlegsels
skaam en skugter laggie
perdebyknoppies
hoëhak skoentjies
uitgesoekte mode klere
skaam en sku vir spesiale aandag
spierwit lang tabberd
versier met kristalle, pêrels en lint
prag kroonprinses met sluier wat mooi gesiggie
bedek
wit katjiepiering en orgidee-ruiker
sagte woorde wat koer in babataal
liefde wat uit haar oë straal
moederliefde wat geen betaling vra
jare van ondersteuning
bystand met hartseer en trane
gryse hare, tekens van droefheid in dowwe oë
gekreukelde handjies saamgevou op die skoot
saggies prewel die sagte Moeder
"Vader, seën my kind."

15 Augustus 2021

Maskers

Elkeen dra 'n masker
maskers wat nie altyd mooi pas nie
wie skuil agter daai masker
party se oë word groot soos 'n albaster

ons sien vriende elke dag
is alles regtig wel of dalk nag
die glimlag is geforseer
maar dit word verberg agter die lappie

almal se ore word groter
al wat wys is oë en 'n voorkop
wie skuil agter die dop
soms swart, ander kere wit

dit alles sê hul, beskerm mens teen Covid
soos altyd dra elkeen maar 'n masker
die verskil, nou is dit 'n sigbare, aaklige masker.

18 Augustus 2021

Hoop

Die houtkruis word opgesleep
bó móét hy staan
klipkoppie en doringtakke
hoop daar is plek vir die raam

swaar gesukkel
trane wat oor wange biggel
nog net 'n klein entjie
daar is hoop vir 'n spesiale plekkie

hoop geloof en met baie liefde
word die eindpunt bereik
'n spesiale plek reeds Voorberei
trots staan die nederige Kruis

tuisgemaak tussen twee rotse
deur die Vader beloof
hoog op die kruin, trots staan
ons Kruis van Hoop.

Januarie 2012

Padlangs

Kom ons praat reguit,
nie ompaaie en sirkeldraaie
soms maak dit seer
ongelukkig moet die waarheid uit
blatante leuens sonder om te blik of te bloos
trane wat rol en emosie buite beheer
gedane sake het geen keer
ompaaie en leuens om van te ween
boosheid bring haat en nyd
almal weet die enigste weg is die regte pad
geen ompaaie en sirkel gange
weerhou van breë paaie en sirkelgange
padlangs is die enigste weg.

Augustus 2012

Vrede

Stilte met net voëlgesang
swiepende boomblare
sagte wolkies wat in die lug hang
reënboogkleure wat prisma walse op die blare dans

'n rustige hart wat sing
woorde sonder klank
geen vrees wat môres mag bring
liefde sonder grense

sagte woorde wat streel
oë wat kyk en sê, "ek het jou lief"
geen pelse en prinse op wit perde
geen klinkende simbale of
opgestapelde munte

vry van vrees en pyn,
dit is wat my vrede is.

29 Julie 2021

Winterhart

Mooipraat, soebat
niks wil werk, regtig te laat
trane en baklei
een hart so hard soos droë ys
wat het geword van groot beloftes
was alles net mooi woorde...

klein kinderhartjies
van liefde beroof
waar is die geloof
mamma spook en spartel
asseblief, kom heg weer die twee harte
pappa staan vas, sy besluit is gemaak...

niks kan hom meer skeel
mag een winterhart
versag en besef dat gebroke kinderhartjies
nooit weer geheg kan word!
Mammon of Jesebel kan nooit die plek
van kinderliefde vervang
'n aaklige ding...
die winterhart!

26 Augustus 2021

Geveerde Boodskap

Voor my voete lê een enkele wit veertjie
is dit dalk 'n boodskap om te sê "ek het nie vergeet
nie!"
ek kyk na bo en sê saggies "dankie"
veilig word veertjie gestoor
om maar net die volgende dag te vind hy het verloor!

met groot verligting word 'n bondel vere
in my hand geplaas
dit lewe en maak my rustig oplaas
voedingstye is heel gereeld
'n oop bekkie wag gulsig

my handvol boodskap geveerd
ons deel nou boodskappies
so met 'n sagte voëlgefluit
soms word ek aangespreek
"jou tyd is uit!"

die weke gaan verby en "nikkerbol" volg my
van vertrek tot vertrek
sy naam kom van elke voeding met sy vol krop
vandaan
afskeid moes kom
sy derde probeer

ons groet maar steeds wonder ek met heimwee
ek is opsoek na die enkele witveer.

Feetjiesland

(duetgedig © M Le Hanie/M Buys)

Kom saam na feetjiesland
verdwaal in kleurmassas van pienk en pers
goud en silwerdraadjies geweef met kinderlaggies
rooi- en witkol paddastoele
vir feetjies om op te sit

biesiegordyn gespan vir elke kabouterman
die oomblik wat eiergeel sonnetjie verdwyn
klouter kaasgeboude maan
vinnig agter die blou wolkies aan
pret en plesier

natuur-orkes maak sy buiging
klokkies skitter en klingel
padda- en kriekieskoor
val sag op die oor
die gekoer van tortelduif
saam met gehoe van grootoog uil

hier in feetjiesland is almal veilig en welkom
môre het dit weer verander
wie kon raai daar was 'n feetjiesland?

Grasieus uit die Natuur

Jou glinsterende grys lyf
stap grasieus oor die vlaktes heen
jou horings toring
koninklik bo jou hoof
jou sku gevoel vir mens en dier
skuil jy agter groot bome in die natuur
jy word bewonder, jy is so groot en besonder
elke oggend vroeg, gewaar ek jou
soos 'n dier op skou pronk jy skugter
maar geen vertrou
jou spore laat jy na
soms ronde bolle, maar ander kere
jou eetlus op my struike en bome
ek laat begaan, want jy is meer werd vir ons in die
natuur
skielik is jy weg
moontlik aan beweeg...
maar dit is ook jou reg
ongelukkig praat die buurvrou uit!
haar liewe man het besluit
een donker nag, het hy sy geweer gelaai...
net een skoot en jy was sy trofee
hope vleis vir biltong
waarom tog
die skone dier
teen mens en geweer, het jy geen kans gehad
jy was die prag Eland wat moes boet vir 'n wreedaard
wat niks ontsien vir sy hebsug uit die natuur.

Sjokolade

Die nuwe jaar het begin
oral het ek kardoesies, geskenkboksies
en blikkies
met elke kyk moet ek myself vermaan
pragtig toegedraai in verskillende deurskynende
gekleurde sellofaan
sjokolade gevul met 'n toffee
verskillende neute met sjokoladeroom gevee

wat sê die skaal
ek weeg myself heeltemal kaal
niks wil help, met of sonder...
die naald beweeg verby my nommer
moedeloos kyk ek rond
die belangrikste, ek is blakend gesond
maak myself tuis omring deur kardoesies
boksies en blikkies
met toe oë reik ek na 'n verrassing sjokolade en
plaas dit smaaklik in my mond.

Blomme

Uit by die deur, staan
Gister, Vandag en Môre
elke blom het sy unieke plek
Kappertjies, Afrikaners en Leeubekkies
nederig maar groei vrolik vir blommeprag
een enkele rooi roos
skarlaken en broos
sonder 'n enkele woord
ek het jou lief, soos dit hoort
voor my bed die botteltjie Opium
Poppie-tuin het gesorg vir die heerlike luim
St Joseph's, die lelie-kelk
was my beskore,
gereeld in my kristalpot
het hul melkwit gepryk
die wit- en rooikrans
lê die houtkis vol
rooi roosblare
vir die laaste gebaar
'n nuwe jaar bring 'n uitdaging
nou plant ons blomme om
die slegte tye te verjaag
Namakwaland daisies,
oranje en geel Madeliefies
sal daar wees wanneer die
winter kom om ons te verseker alles sal 'okay' wees.

Potjiekos

Vuurtjie aan die gang
gesellig sit almal in 'n kring
naby die vuur staan 'n man
met lepel en tang
manne drink brannas en coke
vrouens met soda en gin
uit die kombuis 'n gedruis
"Onthou tog die sout!"
hier is groot inspirasie
die swart drie-poot-pot
word staan gemaak
stadig begin die potjiekosmaal
groot verwagtings vir die nuwejaar
elkeen deel sy mening met mekaar
heerlike geure stu op in die lug
al pruttende vorder die kos in die potjie
eetgery is uiteindelik in sig
potjie se deksel word versigtig opgelig
stomend ruik die heerlike
geure van groente en vleis
selfs die bure wonder oor
die gebeure en staan buite hul huis
nou die geluks-potjie
wat kan mens verwag?
aartappeltjies bo
worteltjies, boontjies
ronde uitjies
heel onder dit waaroor almal wonder?
sag gekookte vleis

is dit skaap, hoender of bees?
met 'n heerlike sousie oorgenoeg smaak
watter geluk gaan jou tref
met jou eerste skep
uit die potjiekos-wonder.

5/1/2022

Hemelruim

Hoog teen die hemelruim
een enkele verskietende ster
met 'n glimlag loer die man in die maan
hy gee meer lig in die donker hemelruim
duisende kilometer ver
sien almal dieselfde ster
môre wanneer die dag breek
loer die sonnetjie en nou
lyk die maan maar bleek
ek lig my oë na bo in verwondering
mag hulle wat weg is dalk van daar
tussen die miljoene sterre na ons loer
mag die maan son en sterre in die hemelruim
eendag die onbekende aan ons openbaar
tot in die Ewige verre.

6/1/2022

Tuin van Drome

Ligvoets oor gelapte gras getrap
digte wolbosstruike gesnoei vir mens om te stap
ronde klippies gevorm deur Vaderhand
modderpoel vir paddakoor
vir elke natuur-bewoner om te hoor
steiltes wat daar wag
deur elke donker nag
droë takke wat krap
gebrande bome sonder sap
bloedspatsels van aalwynpyle
bewaar jare se geheime
plato met pragtige uitsig en hoop van Bo
sneeuwit lelies roerend deur koel lentewind
dansende groen grasvelde reuk van bloekom en
kakiebos
klippe in die skadu bedek met fluweelmos
die einde van my tuin van drome
wag die koel waterstroom
omring met varings en 'n rusbankie
bedek met leliewit rankrose
met die skemering wat vir my daal
verander my tuin in 'n sprokiesland.

Vir Altyd Weg

Die opwinding en vooruitsig
motorfiets word nagegaan
elke skroefie stewig vasgedraai
elke pypie skoongeblaas en gelig
sy uitrusting spesiaal
net die beste material
sy helmet die beste vir besering
ongeag die val of ontbering!
almal groet en wens die beste toe
alles gepak en op pad na Lesotho
die eerste dag is harde werk
die liggame word ingespan tot die laaste perk
die tweede dag...
almal is seer en weet wat wag...
drie uur...
het hy die laaste keer sy motorfiets bestuur...
ek kry die oproep
my God! - hoe kon dit gebeur?
ure wag ons vir nuus...
tot die vroeë oggend ure...

my seun het gesterf...
my hart is rou
hy was die leier en raadgewer wat nou
my jongste spruit

'n gat is uit my hart geruk
hoe kan dinge ooit weer dieselfde wees
ek soek hom op elke plek
sy grappies en sê-goed is vir altyd weg.

(opgedra aan my seun Willie-John wat 2 Desember 2016
in Lesotho met die Roof of Africa motorfiets wedren
verongeluk het, motorfiets nommer 444)
3 Desember 2016

'n Lappie vir die Seer

Rooi opgehewe letsels op my hart
die paadjie vir my lewe uitgetrap
die horison lê so ver en uitgestrek
wanneer kom die warmte en liefde weer in my hart?
iewers baie ver is daar nog 'n gebroke hart
dieselfde son, dieselfde maan
skyn oor twee harte wat hunker na 'n lappie
wat die seer sal verbind
kronkel paaie wat ver strek
deur berge en dale
elektriese golwe wat kontak belowe
wolke wat gedra word deur sterk strale
daar onder lê die groen velde
die koel waterstrome
'n stowwerige twee-spoor wapadpaadjie
wat lei na 'n plek om harte te verbind
Goddelike witkruislappie
het twee harte geheg
vir altyd heel gemaak
tot die son finaal sal sak.

Die Lang Pad

Uit die verre Oos-Kaap
'n onbekende boodskap
hulle het my van jou vertel
is daar 'n kans dat ons kan gesels
uit die siel geskok en kwaad
kan iemand so uit die vreemde
sommer net wil praat?
'n onstuimige verhouding nou
drie maande later
hartseer en verlate
broer is dood
soekend na die boodskap dalk net bietjie genade
boodskap lui:
jammer dit was moeilike agt maande
kan dit wees... hy is op pad
lang afstand, anderkant die berge
God het gehoor
twee eensame harte
dieselfde maan loer na mekaar
uiteindelik, hy is op pad.

Waterdruppel

Ek in 'n waterdruppel
die wêreld daar buite
die skyn van prisma
betower my
toegewikkel in wêreld van glas
veilig in my fetuskas
'n wonderwêreld onbetas
broos en breekbaar onbelas
kyk om my rond
na waters waar rus is lei Hy my heen
Hy laat my neerlê in groen weivelde
tot die druppel eendag moet bars.

September 2021

Vlymskerp Tong

Sag strelend soos satyn oor 'n gladde vel
skerp soos 'n geslypte lem
woorde wat seermaak
kom uit 'n swakkeling se bek
lang donker gange
van sagte woorde by die verlange
oorlog met woorde, veg met die tong
wie tree as oorwinnaar uit hierdie verwoestende
storm?
alles word afgebreek
'n enkele skerp tong, skerp soos glas wat breek
alles wat mooi was in een oomblik afgebreek
wie oorlog voer met die tong
is skuldig aan alles wat laag en gemeen is onder die
son
so klein deel van die liggaam kan mens verstom
kan dit wat krom was, weer regkom
dít is die krag van 'n enkele tong!

September 2021

Lewe en Dood

'n Warm lyfie die een dag nog
vol lewe en gesond
trippel op sy toontjies rond
brabbel met nat lippies en 'n oop mond
mamma en pappa se enigste babaseun
Sussa is die oudste
neem die leiding maar ook net 'n kleuter
so kom die dag op 'n einde op sy koudste
vroeg die oggend
word ek, jong dogter gewek deur 'n droewige geween
wat kan dit wees... dit was nog donker
asseblief my God, help dis my seun!
op die deurmekaar bed lê die moeder
vasgeklem in haar arm
die koue lyfie van haar baba seuntjie
rigor mortis het reeds sy tol geëis
wat kan ek doen dit... Jesus help in hierdie nood!
ek plaas my hand op sy koue arm en vra
"Jesus asseblief maak hierdie seuntjie weer warm!"
so, het ek die eerste keer as jong dogter van twaalf
geleer van lewe en dood!

(opgedra aan ons bure Rall, lank gelede)

Roosknop

('n ode aan Mariette – Jacques se Moeder)

Soos 'n roosknop sal ons jou onthou
jy het geblom en gestraal
jy was nooit skaars met komplimente
het almal bemin
hierdie roosknop het oopgegaan
verander in die mooiste blom
maar die Heer het bepaal
jou tyd is bepaal, jou blaartjies het verwelk
en die Vader het jou kom haal!

Januarie 2016

Spieëlbeeld

Ek is alleen in die huis, was baie keer alleen. Mammie werk en Pappie ook. Waar Danie en Sussie is, weet ek nie? Ek is nou weer, soos gewoonlik besig om af te stof en skoon te maak, want ek hou van netheid.

Ek, nou besig om die ou erfstuk, *showcase* in die sitkamer uit te pak, versigtig, haal ek elke ornamentjie uit. Party baie kosbaar, ook 'n erfstuk of geskenk van iemand. Ander, selfs uit my twaalfjarige oë, sommer net gemors, om die kas vol te maak.

Uiteindelik, staan al die ornamente langs my, waar ek hier, plat op my boude op die houtblokkiesvloer sit. Nou baie versigtig, haal ek die glasrakkies een-vir-een uit. Dit is byna in die vorm van 'n geboë driehoek. Versigtig vee ek die rakkies af, eers met 'n nat lap afvee, daarna, blink vryf. Agter hierdie rakkies binne in die kas, is die pragtige spieël wat dieselfde skoonmaakproses, binne in die ou erfstuk moet volg. Uiteindelik, is dit net ek, en die spieël... sy loer vir my, en ek loer terug... nou wil ek nie wegkyk nie, ek bly kyk vir die twaalfjarige meisie in die spieël... Hoe lank dit was weet ek nie meer nie, maar, daar verander die gesig in 'n ou vrou, kwaai en vol plooie! Ek spring op en val byna oor my eie voete! Waar het sy vandaan gekom?

Baie versigtig het ek later weer gaan kyk, maar al wat ek kon sien, was my eie bang oë, die ou vrou was weg! Ek het Sussie daarvan vertel, sy het seker gedink ek het gedroom, maar, ek was nie 'n kind wat geneig was om stories te vertel nie.

Dit is reeds soveel jare sedert ek met *haar* kennis gemaak het, maar sy bly weg! Ek kyk gereeld diep in my eie oë in die spieël, op soek na *haar*, maar sy wil net nie weer haar verskyning maak nie. Wat wou sy vir my sê?

As *sy* binne daardie *showcase* gebly het, is sy nou weg!

'n Klompie jare gelede het my ma se huis tot op die grond afgebrand, met alles wat daarin was, asook die ou kas met die *ou vrou*!

Wat ek nou sien is 'n vrou met hartseer in die oë, maar daar diep, tog so 'n tikkie skertsende duiweltjies. Haar vel is glad en bleek, haar hare korterig, skoon en blink. Sy praat ook graag met haarself, veral wanneer sy haar vervies het. Die woorde 'kan jy dit nou wragtig glo?' of sy tik haarself met 'n vinger teen die kop, loer in die spieël en sê, 'ís jy mal?' Dit is vrae wat sy baie vir die gesig in die spieël vra.

'n Baie lang tyd het hierdie selfde gesig met haar hande oor haar rooi betraande gesig hier voor die spieël gestaan, trane gestort oor soveel hartseer en verlange, wat niemand regtig verstaan nie. Die pyn was so intens, dit het sy voor die spieël agter die toe deur in die badkamer gestort. Soms kon sy die rou krete wat diep uit haar binneste kom, nie keer nie en moes sy haar hand voor haar mond hou om die onaardse geroggel wat uitgeborrel het te verdoof.

Ek, die gesig in die spieël is hartseer, hartseer omdat my Ma, eendag vir my gesê het, hulle wou my nie hê nie.

"*I was not wanted.*" Ek huil omdat my man my so baie alleen gelos en my verwerp laat voel, ek huil oor my man wat malaria gekry en gesterf het, ek huil oor my jongste wat in Lesotho dood is en alles daarna. Ek huil omdat ek so gesukkel het om sy doodsertifikaat te kry, omdat sy as, iewers oorsee in 'n boksie, in 'n kas is, nie waar hy sou wou wees nie! Ek huil omdat ek onseker en alleen is. Dit is die gesig wat ek in die spieël sien. Ek huil omdat ek niemand kan vertrou om my leed mee te deel nie. Ek huil vir my kinders, my kleinkinders, hartseer wat vir hulle nog voorlê.

Hierdie één in die spieël, was baie lank gelede, iemand met 'n baie swak selfbeeld, skaam, teruggetrokke, nie goed genoeg om gesien of gehoor te word nie. Sou nooit durf waag het, om in enige geselskap eers iets te probeer sê nie, want dit sou nie goed genoeg gewees het nie. Ek het in 'n huis grootgeword, waar niks in oorvloed was nie. Die klere wat ek gedra het, was maar altyd 'n *hand me down* van Sussie omdat ek die jongste en kleinste was, of ons ryk niggies, wat ek altyd bewonder het, hulle het die mooiste en duurste klere gedra.

Die groen/bruin oë wat soms, bruin, ander kere groen, maar wanneer die hartseer vlak lê, byna blou is. Die prentjie van die bleekgesig, wat 'n metamorfose ondergaan wanneer emosie 'n rol speel, verander in 'n rooi gesig, met nog rooier kolle en opgehewe ooglede, glad nie 'n mooi gesig nie!

Maar, wanneer ek die spieël omdraai na die buitewêreld, is dit 'n totale ander prentjie.

Wat die mense werklik sien, weet ek nie? Omdat ek groot geword het, met 'n lae selfbeeld, glo ek nie altyd wat die mense sê nie. Ek kry gereeld komplimente dat ek dan geen plooie het nie, dat ek nie byna sewentig kan wees nie. Maar, omdat ek 'n masker dra, en nie met my hartseer op my mou loop nie, is daar maar min mense wat werklik weet wie ek is.

Die feit dat ek, weggegooi en verwerp vir baie jare in my lewe gevoel het, niemand, wat my pad kruis, so wil laat voel nie! Klein kindertjies, nooit by my verby sal gaan, sonder 'n glimlaggie of 'n knipoog nie. 'n Vinnige gesprek met iemand in 'n tou waar ek wag om te betaal. Enige liefdesdiens waar ek kan, of dit nou 'n drukkie of 'n bemoedigende woord is.

Ek is seker my terugweerkaatsing in die spieël na die buitewêreld, is ek die gelukkigste mens op aarde! Altyd gelukkig en bereid om te help, maar haal daai masker af, dit is 'n ander storie.

Ek word nou een oggend wakker, ek het gedroom ek kyk in die spieël, met 'n glimlag op my gesig, sê ek kliphard, "Kyk wie loer vir jou in die spieël!" ek glimlag en besef, ék ís dit werd en goed genoeg!

Karavaantoer

So begin die langverwagte karavaan vakansie...

Die vrolike klanke van Klipwerf boere-orkes speel, met die eentonige gesing van die bande op die teerpad. Dit is vroegoggend. Die aangename reuk van vars brood-rolletjies en gaar boerewors vul die binnekant van die motor.

Ek reik na agter die sitplek en tower 'n plastieksakkie op. 'n Blink rooi appel word soos 'n haas uit 'n hoed getrek. Appel vra ek, dankie en hy neem die appel by my met 'n glimlag. Nog 'n appel word uit die toorsakkie gehaal, ons smul nou heerlik aan die gesondheid, net 'n halfuur van die wegspring af.

Ek dink aan die maande voor hierdie vakansie. Willie het so uitgesien na 'n karavaanvakansie, maar ek was maar taamlik onwillig. Die gerief van alles tuis, het my elke keer weerhou van so 'n primitiewe vakansie. Die arme man het nou werklik tot die uiterstes gegaan om dit vir my gerieflik genoeg te probeer kry.

Elke *Outdoor Show* of karavaan agentskap is besoek. Daar is na nuwe, tweedehandse en persoonlik geadverteerde karavane gekyk. Die karavaantjie te klein, die trappie te hoog, die vensters te rond, die bed aan die verkeerde kant of TV en hoe ongemaklik is dit om in die laatnagte te moet oordraf na die ablusieblok. Ons praat nie eers van skottelgoedwas saam met ander karavaan-bewoners in 'n gemeenskaplike kombuisie nie! Daar moet jy jou beurt afwag om jou vetterige melamine skottelgoed, met die bietjie louwater wat nog oor is, te probeer skoon kry. Jy moet almal se slimstories aanhoor, weer terug draf, soms deur nat gras met jou beskeie skotteltjie eetgerei.

Uiteindelik het Willie die perfekte karavaan wat my goedkeuring en fiemies tevrede stel, gevind. Hierdie luukse, eksotiese karavaan word net in die Kaap vervaardig.

Hy ry voor die tyd, om die kooptransaksie af te handel, wat natuurlik die prys van 'n luukse waterfront woonstel aan die noordkus op heel boonste verdieping sou betaal.

Ek vlieg 'n paar dae later, baie opgewonde om hierdie luukse woonstel op wiele te sien. Met verbasing vind ek met my aankoms dat al die pragtige wynrooi matte, sopnat buite hang om droog te word. Willie se eerste nag in die grand karavaan, was 'n groot fiasco. 'n Waterpyp het gebars en die hele karavaan oorstroom. Maar die probleem is gelukkig gou deur die verkoopsagent laat herstel, die matte moet nou net droog.

Die volgende dag pak ons die langpad terug Johannesburg toe aan, maar net buite Stellenbosch, besef ons daar is 'n groot fout. Die voertuig sukkel om te trek, die maksimum spoed wat hy haal is 60 kph! Dit gaan 'n ewigheid neem om in Johannesburg te kom. Willie kom tot die skokkende konklusie dat hierdie voertuig geweeg, maar heeltemal te lig bevind is vir hierdie moerawiese karavaan!

Die enigste oplossing, ry nou maar 60kph terug Johannesburg toe en ruil die voertuig in vir 'n bakkie met 'n sterker enjin. So gesê, so gedaan.

Probleem opgelos.

'n Nuwe sterker voertuig met beter hak en stang is ons nou gereed om Afrika met sy lang paaie aan te durf.

Ek draai my kop toe ek 'n geroggel langs my hoor!

"Wat is dit?" Willie se gesig is rooi, sy oë groot en 'n traandruppel pars uit sy een oog!

Aanvanklik dink ek, hy is so bewoë omdat ek uiteindelik ingestem het tot hierdie karavaanvakansie. Maar dan wurg hy dit uit, "die appel sit in my keel vas!" Ek draai myself skuins en gee hom so 'n harde hou op die rug, dat hy moet klou om nie die voertuig en karavaan om te gooi nie! Een groot homp appel skiet uit sy mond, hy hoes en sê: "Sjoe, dankie dit was amper!" Ons lag albei na 'n rukkie oor die ramp wat hom amper getref het.

Letterlik en figuurlik verkeer ons die volgende paar ure vreetsaam. Elke af en toe tower ek een of ander lekkerny uit 'n koekblik of kardoesie.

Ek en Willie vergaap ons aan die dorpe wat so uitgebrei en verander het. Hier by die ingang na Potchefstroom was 'n paar jaar gelede 'n hoenderplaas waar hul nog kuikens gekoop het om groot te maak. Nou is dit 'n betonstad met huise en winkelsentrums.

Oral waar ons ry, draai die koppe, om na hierdie groot en pragtige woestynnaam karavaan te kyk.

Alles waaraan ons kan dink word gemoedelik en breedvoerig bespreek. Rieks-hulle wat in Engeland woon, die kinders wat so vinnig groot word, die ekonomie, politiek met die nuwe regering en al sy dinge, godsdiens al die familiestories en natuurlik, hierdie pragtige karavaan met sy woestynnaam!

Geen woonstel in Ballito kan opmaak vir hierdie luuksheid nie! Wat kan jy vir R800,000 koop wat jou al hierdie voordele gaan bied? Ons het die luuksheid van 'n 5 ster woonstel, enigste verskil ons sleep dit saam. Die slaapkamer met 'n ekstra groot bed, satyn beddegoed en gordyne, ons eie badkamer met stort, wasbak en toilet, nie eers te praat van die *flat screen tv* in die kamer nie!

'n Deur om die slaapkamer van die kombuis en eetkamer te skei.

Kristalglase in die drankkabinet, Noritaki-eetgery met silwer messegoed. My eie opwasbak, mikrogolf en gasstoof. 'n Gerieflike tafel wat opvou om plek te maak vir besoekers om te deel in die gerief. Wynrooi matte om die luuksheid te beklem en dan natuurlik, in koper, die nommer 44 aan die buitekant van die deur, net om te bevestig, dat hierdie, een karavaan van uitstaande gehalte is.

Skielik is daar 'n oorverdowende knal, ek dink eers ons word deur Mars aangeval. Nou tussen Upington en nêrens! Willie draai sy kop in verbasing na my, asof ek verantwoordelik was vir die bomskok!

"Wat de duiwel was dit?" Willie trek die voertuig van die pad. Met groot verbasing kom hy agter dat een van die vier wiele van die karavaan gebars en 'n hele stuk van die karavaan se bakwerk afgeruk het, kompleet soos 'n afgeskilde lemoen!

"Dis geen problem nie, ons fix dit sommer gou." Hy haal 'n dik plastieksak uit en plaas dit baie behendig onder die karavaan, 'n pyp wat uit die sak kom word stewig oor die uitlaatpyp geplaas. Ek verstaan dadelik wat nou moet gebeur, maar vra nie vrae nie. Intussen word ek aangesê om die spaarwiel wat met die druk van 'n knoppie los te draai, te kry. Ek druk, met my duim en met 'n sing geluid begin die skroef draai, maar soos 'n uitgerekte draadjie van 'n opwenkarretjie begin die ding steeks raak. Hy sing naderhand begrafnisliedere soos 'n traporreltjie sonder wind, ek druk met my duim sonder ophou. Nou begin ek die drukke te tel, maar niks. Toe ek by druk driehonderd kom, besluit ek, genoeg is genoeg. Willie skakel die enjin aan en siedaar die sak begin stadig opblaas. Die karavaan lig so paar sentimeter, vóór ons kon bly word, kom die pyp met 'n knal los en die karavaan sak terug na sy oorspronklike hoogte. Weer en weer prober Willie, maar besef dan, dat hierdie karavaan gans en al te swaar is vir hierdie liggewig domkrag. Al wat nou oorbly is om maar stadig met dié *grand* drie-wiel-karavaan die pad tot in Kuruman aan te durf.

Met groot verligting sug ons toe die geroeste bordjie aandui: *Welcome in Kuruman!*

Nou waar sal hulle 'n motorhawe kry wat hierdie probleem sal kan oplos? Gou-gou is ons frustrasie geblus en 'n motorhawe wat opgewasse is om ons met die probleem te help is gevind. Intussen sit ek maar rustig in die karavaan en skakel die ketel aan om 'n vinnige koppie tee te maak, terwyl daar gewag word om die band te herstel.

Blink oë loer by die deur in, "Môre merrim! Dis darem 'n kwaai caravan hierie, kan êk ma loer hoe hy hie binne lyk?" vra die kleurlingklong hier by die motorhawe.

"Natuurlik," sê ek en dink, dit moet seker vir hom vreeslik mooi wees! Na 'n paar minute is sy kollega ook daar om die prag karavaan te inspekteer.

"Mevrou, hierie caravan kos seker honderde duisend rande?" sê-vra die een. Ek skud net my kop verleë en sê: "Ja, hy is maar duur!"

As hy maar weet wát die karavaan gekos het, dink ek.

Na 'n uur of twee is ons weer sterk op pad Namibië toe. Eers weer 'n ietsie om te eet, dan 'n slukkie koeldrank om dit mee af te sluk. Positief dat alles nou glad sal verloop. Hierdie probleempie is iets wat enige karavaanbewoner kon oorkom!

Hande

Klein handjies saam gevou
slegs die vingers loer uit by die mou
wrywend in die skoot
kan gevaar afweer in nood
vingers reeds krom getrek
deur jare se harde werk
twee handjies saam gevou
deur gebed, hartseer en bitter rou.

Afstootlike Band

Reeds vroeg begin haar take
sy, ten volle aangetrek
uitgedos in haar kraakvars wit bloesie
toegeknoop tot by haar nek
hy, strompel uit die kamer
ongeskeer, hare deurmekaar
sy oë rooi sy hart klop soos 'n hamer
sy stap sleepvoetend nader
'n suur reuk van drank is die enigste walms
al wat sy oë sien is wellus
sy word ontklee met sy rooi waterige oë
hy neem haar is sy arms...
met die palm van haar hand
stoot sy hom weg en verbreek die afstootlike band
die beeld wat hy sien, is verwronge en skeef
niks is werklik, sy prentjie kan nooit leef.

Jeugliefde

Jy kyk na my met smeulende oë
ek so skaam met my kop vooroor geboë
ek kaalvoet en verleë
sonder om te skroom nooi jy jouself vir tee
jy neem my hand in joune
ek verval byna in 'n floute
my hart klop wild in my keel
hou jy regtig van my, of het ek maar net verbeel?
"mag ek jou pa vra of ek maar kan kom kuier?"
ek voel soos 'n byna uitgebroeide eier
jy raak aan my hand
'n trilling skiet deur my liggaam en maak
die kol op my maag brand
ons is albei jonk
jy bietjie ouer met effense ervaring
weet al hoe om te pronk
ons lag saam, stem saam en doen dinge saam
uiteindelik kry ek my eerste soen, wens ek kon dit
raam
jy was my held, my minnaar, my vriend, my eerste
liefde
my man.

Somerpret

Koeldrank en roomys
braaivleis en bier
kinders het groot pret
dis rondhol en baljaar
tuinmaak
dit alles is een groot plesier
laat aande buite
almal kuier met familie en bure
vakansies word bespreek
die reënval en baie meer
die nuutste modes
so ook word resepte gedeel
die winter is verby
almal het lank gewag
bome plant vir sommer net
donderweer in die vêrte
groot druppels val
dit alles is deel van somerpret.

Traandruppel

'n traandruppel...
pypies en bloed...
hande vasgebind...
met 'n spierwit doek
'n geroggel...
monsteragtige ventilator wat uitdagend koggel
oorwinning... die wenpaal is daar
die gedagte daaraan maak my naar
drie jaar later
steeds die hartseer
gelukkig is die herinneringe daar
'n terugblik, laat my soms skater...

die einde was nie voorspel nie
die koue en hartseer laaste dag van Julie
ons was lief vir hom
maar die Vader het gesê "Kom!"

Enkele Skoensool

'n Enkele skoensool lê eensaam uitgespoel op die
strand
was hy moontlik 'n vastrap vir 'n stewige paar
stewels?
ek tel hom op en plaas hom veilig weg van die
branders wat woer-woer met hom speel

spore is in die sand sigbaar
op sagte sand het die spore bietjie dieper getrap,
plek-plek verdwyn die spore waar
die branders soos die sluier van 'n bruid
spore doodgevee

leliewit voete wat in 'n nommer vyf skoentjie pas en
slanke nommer tien voete
kom van teenoorgestelde rigting
uiteindelik het twee paar trouvoete
teenoor mekaar tot stillstand gekom.

Omdraai na 'n Feëverhaal

Sy maak haar mooi oë oop, lê net vir 'n oomblik doodstil, en drink die vooruitsig van die groot dag in haar lewe in.

Sy is een en twintig en ten volle bewus van die groot stap wat sy vandag in haar lewe neem. Hulle is reeds twee jaar verloof en voorbereid op die verbintenis wat hulle uiteindelik besluit het om te maak.

Hulle twee-slaapkamer-woonstelletjie waarvoor hul gespaar het, is toegerus met al die nodige en beste meubels om 'n begin saam te maak. Sy loer half skelm na die ingeboude kas en kyk weereens met verwondering na die mooiste spierwit trourok waar Pappie spesiaal 'n stewige haak in die plafon gedraai het om plek te maak vir dié prinsestabberd. Die reinwit rok wat groot uitkolk na onder, is weelderig versier met pêrels en diamante. Die lang sleep hang half oor die rok en die ryk satyn material word gekomplimenteer met die borduurwerk.

'n Sagte klop aan die deur en die reuk van vars koffie stu in haar neusholtes op. Pappie en Mammie loer om die deur met 'n skinkbord, bedek met 'n geborduurde lappie. "Ontbyt vir ons prinses op jou groot dag!" sê Pappie.

"Jy moet vanoggend rustig wees, 'n goeie ontbyt geniet, daar wag 'n lang dag voor," sê Mammie. Albei kom sit op my bed, Mammie haal drie koppies uit en skink die koffie.

Pappie kyk my met 'n glinstering in sy oog en sê: "Onthou Riet, hierdie sal altyd jou huis wees en ons sal altyd daar wees vir jou!"

Mammie skud net haar kop om dit te beaam.

Na 'n heerlike skuimbad, gloei haar wangetjies. Nou is ek gereed vir al die pamperlang en opwinding van die dag. Sy geklee in 'n sagte pienk katoenrokkie wat mooi om die rondings van haar skraal lyfie pas. Haar hare is sag bo-op haar kop vasgemaak. Geen grimering behalwe 'n rosige pienk lipstiffie.

Daar is stemme in die gang. Dit is tannie Thelma en oom Berg, soos hulle hom maar altyd genoem het, hy die magistraat in Germiston. Hulle het net kom inloer om die bruidjie geluk te wens met die groot dag. Tannie Thelma neem haar aan die skouers en trek haar nader, sy glimlag en sê: "pop jy lyk soos 'n regte bruidjie vandag!"

Haar ousus kom die gang af getrippel en sê vriendelik: "My Sussie, is jy reg vir vandag?" Sy trek Riet nader en druk haar styf teen haar vas. Die gebruiklike twee soentjies vol op haar lippe laat haar lag en gee haar enigste sus 'n ekstra drukkie.

Opgewonde ry hulle in haar wit Volkswagen kewer na die salon. Sussie klets sonder ophou.

"Het jy onthou om jou 'veil' en blommetjies vir jou hare te bring, het Will die ringe, wat het Norman gesê, kom hy troue toe?"

Sy kyk met 'n knip van die oog en 'n glimlag na haar sus.

"Natuurlik sal hy daar wees, hy het dit dalk nog nie gesê nie, maar hy is dol oor jou!"

'n Blos stoot van haar nek na haar gesig sy probeer die verleentheid verberg en draai haar kop weg. Die volgende paar minute is sy stiller, maar die vonkel in haar oog is te bespeur.

Die oggend gaan so vining verby. Riet word bederf met gelukwensings, tee en koekies en selfs 'n geskenk van haar jarelange haarkapster. Sophy, die helper in die salon spandeer 'n ekstra halfuur om 'n behoorlike nek-en- kopmassering te gee.

Tevrede en getooi, stap hulle uit die salon. Riet met die hooftooisel stewig in plek. Sy voel soos 'n prinses en almal kyk na haar en glimlag. Van bietjie rustig raak is daar geen sprake, nou die grimering. Uiteindelik is dit gedoen, haar gesiggie gloei, 'n sagte pêrelpienkglans tower haar gesig in 'n feëkoningin. Sagte groen ooggrimering en 'n effense donkerder maskara om haar groen oë te aksentueer. Effense pienk op die wangetjies en 'n ligte skakering gloeiende pienk op haar lippe. Sy loer onderlangs na die tabberd wat aan die hak hang en weet, nou is dit tyd.

Sus en Ina loer skelm na haar.

"Kom nou Riet, dis tyd vir die rok! Die fotograaf wag al om foto's te neem!" Sy staan opgewonde op, laat die pienk satyn japon op haar voete afgly. Sus staan op 'n stoel om die pragtige rok af te haak.

Versigtig klim sy oor, tot sy binne die ryk geborduurde satyn, pêrels en diamante wonderwerk en droom inklim. Ewe versigtig trek hulle die pragrok op, sy steek haar arms deur die moutjies wat ook geborduur is en trek die ritssluiter op, Riet draai om en kyk na haarself in die lang spieël, sy trek haar asem in, is dit werklik sy?

My Seun

Ons almal sit saam om te vergader
wie gaan die sameroeper wees en berader
ek stel voor, my seun, dat dit jy moet wees
jou bespreking begin met geen wens
jy is negatief en ongelukkig
geen woord is positief
my spreekbeurt kom
ek berispe jou, om jou in te hou
jy is ons patriarg en almal kyk na jou!
waar is jou geloof
ek krul my op in die stoel
my rug breek af en my kop is een warboel
my lyf ruk van die snikke
my hart is so seer...
dan word ek wakker...
trane op my wange
jou tyd het lankal uitgeloop
dis te laat, my seun, jy het ons lankal verlaat.

Misterie

Magdalena de Beer word elke nag na donker gewaar
sy met haar kindjie agter haar aan
laat my altyd wonder...
kleintjie het buite gespeel
Mamma begin roep en soek
geen teken van klein Maggie de Beer
die hartseer en verdriet wat nét te veel
Magdalena is die volgende oggend gevind
gehang in 'n boom
die brose liggaampie is later gevind
bedek met blare toegewaai deur die wind
Magdalena de Beer het uiteindelik
haar kindjie gevind
elke nag na donker, word sy gewaar
lang wit rok wat nooit die grond raak
met kleine Maggie aan haar hand.

Spoed van Water

Donderwolke, duisende flitsende ligte
blink gepoleerde motors, vaartbelynde motorfietse
verwoestende storm bars los
wind en hael, opgefrommelde metaal
alles oorsaak van windmakerige spoed
van vreesaanjaende malende watermassa
alles in sy pad neem hy saam
yster of staal, selfs geanker aan 'n paal
hy ontsien niks, ontsaglike krag
die malende massa spoed van water
voëls kwetter en skuil groot watermassa
bars deur die kloof, alles word meegesleur
elke boom nie goed geanker, word meegesleur
word in spoed deel van moddermoeras
emmers water val na benede
hoeveel nog?
Hemelse Vader praat met die mensdom
die hele aarde bewe

voëls kwetter en skuil
groot watermassa stroom deur die kloof
alles word mee gesleur
elke boom nie goed gewortel word deel
van die moeras
spoed van water laat net 'n spoor van verwoesting
niks word ontsien, klipmuur of brug
eindig uiteindelik iewers opgefrommel op
'n hoop, verwronge rommel
kolkend en malend spoed, die water

so nodig vir elke boer

Vader asseblief, vertraag die spoed
alles gebou en geplant in een oomblik
deur die spoed van water verloor.

Verlore Tyd

'n Stem in die donker nag roep beslis
maar dringend en sag
"tyd is min!"
dit is tyd om te besin
"verklaar jou liefde aan al jou familie en vriende"
reuk van jare gelede gewyd
teken van verlore tyd
liefdes woorde uitgekerf op 'n stam
geen teken meer van die verliefdheid, alle gevoel is
verlam
doodsengel het ons in sy mag
verlore tyd gee geen tyd vir wag
waardeer vandag, dit wat jy het
môre het alles verdwyn in die donker nag.

Toe- en Oopdeur

Voor jou toedeur staan 'n ou man geboë
hy dra verslete klere, word bespied deur die vensters
nooit sal jy die deur oopmaak vir hom in flenters
wat as hy die doodsengel is

dalk iemand om jou met goeie tyding te verras
daar kom tye wat jy geen keuse het
oop- of toedeur wat moet wees sal wees
flenters of nie, stoot die toedeur oop
dit kan dalk jou laaste kans wees
in iemand se lewe sonder hoop

toedeur is teken van onwelkom of niemand tuis
deur oop of selfs net 'n skrefie laat varslug of net
'n sonstraaltjie in die huis.

Dierehart

Sterre waai op en neer, boudjies beweeg heen en
weer
ogies blink, pienk tong lek vra net liefde en 'n tik op
die nek
is jy weer op pad
hartseer lê dan vlak
kom tog gou my nooi alleen sal ek bly wag hier
voor die agterdeur
ek sál jou beskerm
al is ek bang vir harde geluide, ek die alarm
voor jou bed sal ek lê met elke donderslag
se gekerm
waar jy gaan sal ek jou skaduwee wees
dit is my honde-leuse, werk jy in die tuin
lê ek in die koelte en loer vir gevare van buite
eendag as ék moet gaan, weet dit sal wees met
hartseer en 'n traan, mag ons weer ontmoet
iewers tussen 'n Hemel vir mens en dier.

My Wolkie

Ek hou die wolke dop, sommige
gevorm soos 'n blomkoolkop
beweeg en word die gesig
van 'n ou man wat bid
nimbostratus, donder wolke
wat verseker en voorspel dat
reën of sneeu oor 'n groot
gedeelte mag kom
curriculums is pragtige
wit kolletjies wolke gevorm
deur yskoue yskristalle soos
bolletjies wolle
die swewende engele word
cirrus wolke genoem
deurskynend maar 'n Heilige teken
so asof dit van die Heiland af kom
sag soos wol elkeen hou sy eie
geheime storie, verander
van oomblik tot oomblik
nooit ooit dieselfde prentjie
nog 'n Wonderteken uit
ons Vader se Hand, geen mens
hoe slim of groot
het die Mag om dit te vervolmaak.

Welwitchia

Die eerste keer toe ek jou sien
het ek gedink, genade so ou fossiel
vaal en stowwerig, jy so in die hitte
nie eers bedruk

hoe meer ek na jou kyk groei my respek
na honderde jare het jy steeds net twee blare
standvastig deur die Namibwoestyn se
windstorms geen water, geen versorging
tog sorg moeder natuur

jy die Welwitchia – woestynplant
verdien my respek
mag elke mens wat jou teëkom
jou bewaar

laat ons soos die Welwitchia wees
rustig, kalm aanvaar waar ons vrede vind.

Vry Wees

Donker onweerswolke van ellende met pandemie
het mensdom op moederaarde besmet met vrees
bitter min het die hartseer van virusvyand ontkom
hy was onsigbaar maar deel van ons elke dag
bestaan
gasmaskers en alkohol sproei
het nie veel gehelp om die 'duiwel' weg te hou
strome van trane, eensame maande sterwende
mense
twee jaar later, die virus se gô is byna uit
mense word nog siek en gaan nog deur die masker
en alkohol repetisie
ons is vry!
die land het na die storm in Jerigoroos verander
glimlaggende oë, uitbundige lag van kinders
mag ons vergeet van die bitter tyd nou
deel van ons verlede
ons is weer vry!
kosmos het vroeg gekom, gras is groen
die vlaktes is getooi in veldblomme in blom
by die Heer is daar altyd Hoop
ons dank die Vader vir nog een kans
ons is weer vry!

Rainy Day

My Moeder het my geleer van die *rainy day*
nie sommer net 'n *rainy day* nie,
maar 'n *rainy day* boksie
wat sou dit wees...

so het ek geleer van daardie boksie
hy het handig ingekom
meer na die einde van die maand en
noodsaaklikhede raak laag

trots het sy dié klein blikkie
te voorskyn gebring
'n paar rand om die nood te verlig
al die jare het ek daarmee saamgeleef

sonskyn of reën, my *rainy day* boksie
was net altyd 'n seën
my vriendinne het ook geleer
hou jou *rainy day* boksie geheim

onweer tye kom hy handig in lyn
vandag, jare later, sonskyn of reën
bly my *rainy day* boksie veilig
op sy geheime plekkie

dankie Moeder, vir die goeie raad
ek kon my geheim deel
met elke goeie maat
dalk het daardie *reënerige dag boksie*

iemand dalk kon help vir 'n brood
en wat nog.

Noodroep

Blink lê die uitgetrapte spoorlyne van vergete dae
waarheen nou...
soveel hartseer, onbeantwoorde vrae
noodstop vir trein wat sou dit beteken...
slegte tyding, geen selfoonsein
Moeder het gesterf!
tas gepak met alles kosbaar in sy besit
reëndruppels gemeng met sout
oor droewige gesig
wat lê voor... nuwe begin
die verlede, diep gebêre in trein se
geroeste afdraaispoor
stoksiel alleen
'n nuwe toekoms
die Vader alleen sal weet
maar sal voorsien
die gedruis van trein op spoor

hartseerseisoen en woede sal verdwyn
'n rit na mooi en nuwe tye sal kom
hou moed elke reëndruppel en treinspoor
herinner hom aan Moeder se laaste roep van trein
wat op 'n stasie moes stop.
(aan Job, wat die hartseernuus so moes kry).

Onbetroubaarheid

Groot beloftes
jy is die beste
wat kan ek vir jou doen...
natuurlik, enige ding
die dag van jou getrouheid
enige verskoning
jammer, ek voel bietjie bekommerd
is dit agterbaks of net laks
sal ons jou weer kan vertrou...
waarom die groot beloftes
waar is jou trots, eers ja en dan
wat is jou verskoning
skielik kom daar uitkoms
uit 'n heel ander rigting
die Vader het weer heel anders bestem
niks wat jy beplan, kan uitwerk
dit is die Vader wat sal bepaal.

Oorlog

Oorlogswolke pak saam,
soms wat lyk soos 'n normale huis
leuens, tweedrag, jaloesie en egbreuk
hartseertrane, soms is dit gedane sake
alles lyk normaal, maar o, wee...
onsigbare oorlogvoering die Covid monster
deur ons Godgeskape aarde
eensaamheid en verdriet
soveel lewens is verwoes
met die gedreun van swaar ystermonsters
vlieënde bomdraende voël
kies hul koers in die rigting van Oekraïne
onskuldige lewens is totaal verwoes
al wat oorbly is as en roet
bebloede lewelose liggame
geween van familie en vriende
ysige oë van nog 'n diktator
gebore uit haat, ontsien geen mens, dier of natuur
dit alles om in te palm wat nié aan hom behoort
rustig in sy spoggerige kantoor
netjies uitgevat in sy blinkpak en rooidas
terwyl onskuldige jongens moet sterf
in die wrede oorlog van selfsug.

Utopia

Stille oomblikke by die waterstroompie
soveel ure peinsend en alleen tye
hartseer, vrede maar stiltetye in U Vadertuin
uiteindelik my stappie styl
met baie sweet tot bo op die koppie
hier by my nederige kruis
opgesleep met trane en soveel gebede
links van my die hartseer
regs die geluk en vrede
ver tuur ek oor stille klowe
en woelige stede
my geselskap is voëlgesang
wind wat saggies waai oor grasvelde
U wat fluisterend met my praat
deur wind
my stille gesprek met ons Hemelse Vader
hier by die kruis my enigste Utopia uitgelê
dié paadjie van hartseer en geluk net soos U beplan.

Liefde Tussen my en Leeu

Jou lyfie was warm
styf het ek jou vasgehou in my arm
met hartseer ogies het hy na my geloer
waar is my mamma dan nou...

Leeu my hondjie
soos jy groter word
het ek die plek van jou ma gekry
jy het my skaduwee geword
oral het jy jou teddy-beer
saam gesleep

droewige dae het jy styf teen my kom lê
werk ek in die tuin is jy onder die boom,
hou my dop vir beskerm in nood
voedingstye is jy so dankbaar
nooit gekla of gekerm
elke druppel word opgelek
dankbaar en onvoorwaardelik kry
ek 'n lek op die arm

met donderweer en blitse
verander jy weer in die warm lyfie en bang oë,
onvoorwaardelike liefde versorg ons mekaar.

"Remembrance"

Stil sit ek met wêreldbiddag vir vroue
kyk om my rond
elkeen met haar eie gedagtes, bekommernis
verdriet en verlange
peinsend oor my dogter
in die verre vreemde
die pianis begin met die melodie
Remembrance

kan dit wees... die spesiale stuk
altyd om ma se gemoed te streel
trane rol oor my wange
die masker vang elke hartseerpêrel
bêre dit ongesiens vir later se nadenke
my liggaam ruk van emosie
my hart voel soos 'n sloot van erosie
stewige kerkpilare hou my stil
my gebed gaan uit na elke vrou

ons liefste ICU suster sit skuins voor
ek weet haar hart is ook rou
my gebed gaan na elke vrou in rou
hier in die kerk, by die werk
dalk in of voor 'n ernstige siekbed
weet net God sal jou red

ek dra in gebed die vroue angsbevange
in oorlog gewikkel in bitter koue dié in Oekraïne
vroue met hartseer deur verleiding
elkeen in 'n armoedige huisie, spoggerige
woning of dalk sonder heenkome

my gebed vandag aan elke liewe vrou
hou jou oë na Bo
vertrou en weet, daar buite is ander net soos
jy, ons staan saam, en belangrikste ons
Vader loop voor.

Vrede in my Hart

Huis paleis pondok
ek woon in die paradys
omring deur struike
'n mooi huis met grasdak
groot dam met wilde eende
koppie oortrek met karee-
wildebessies en aalwyne
rustig sit ek by die fonteintjie
herinneringe van jare se gebeure
die granietplaat met my kind se naam
gee my kans om hier met hom te praat
kyk ek op daar bo op die kop
weet ek, hier is my huis
saans brand hy helder die groot Kruis
my geluk en vrede lê diep
nie op 'n plek of iewers
spoggerig met goud en graniet
maar diep, diep in my hart.

'Kleinmannetjiesindroom'

Groot wil hy wees, dié een wat almal bewonder
mooi gesig, netjies geklee
sterk soos Simson, Geduld van Job
vader soos Abraham
standvastig soos 'n rots uitgekerf uit granite
sy hart diep gebêre in die niet
voorgee as 'n statige vors
asemhaling vreemd uit die holte van die kors
net kwaad en boos kom uit die bors
hoog teen die hange, lafhartig en bedorwe
lê die klowe van bedrog
strome water vloei na benede
waterval van glas, rivier bly droog
groot lyk die berg, eintlik maar net 'n
molshoop sonder egte geloof
ver agter my lê die berg met kop van 'n mens
ek kyk nie terug soos Lot se vrou
te val in dieselfde strik, ongewens
voor my die groen vlaktes met kosmos
sonstrale waarmee God my vul met
net mooi gedagtes.

Valse Geloof en Beloftes

Hartseertye, boodskap van nêrens
vriendskap oor baie kilometers, iewers...
uiteindelike ontmoeting 'n man gestuur
so reine, geestelike figuur
gebruik God en Sy Woord
soos daaglikse brood
leuens oor sy lewe en gebeure
haat en rassisme sy daaglikse humeur
só véél arme goeie betroubare vroue
is reeds bedrieg met sy bose mammon kloue
een telefoonoproep om my te waarsku!
twaalf dae voor ek sou sê ja
stadig maar seker die
beker wat ek moes ledig was bitter
narcissus, psigopaat, skisofreen of opportunis
sekerlik 'n aaklige sadis,
goeie vriende kan hy mislei,
kyk in sy oë met sy vrome sagte stem
dit verander in haat en boosheid ongetem
wat staan my te doen
breek die bose ketting met die satan
vrede en geluk wag
met eerlike opregte, ware vrede en geluk
net uit God se Hand.

Bose Menswees-Seisoene

Vier seisoene in een menswees
alles so deurmekaar
skone lentebegin of dalk
in herfs sê, mag...
bloeisels of vergroeisels

heilig, reine spierwit rose
of vals plastiek uit die bose...
gelukkige groen somer koelteboom
of ysige gevriesde standbeeld, harteloos
verwagting vir 'n mooi seisoen...

werklikheid, stormwind, donderstorms en
oorstromings
so verkeerd, alles omgekeerd
kyk in 'n mooi oop gesig
daar skuil bose valsheid
altyd besig met volgende valse
beplanningsbesigheid
winter, somer, lente of herfs

maak doodseker sy seisoene mag jou verbaas
valsheid van seisoene
bring onnodige hartseer en woede
dit alles leuens en haat.

Oudag-Avontuur

Saam begin on stap vir die groot avontuur
op ons oudag, mooi toekoms wat wag
goue strande, lang kuiers tot laat in die nag
saam stap, op groen weivelde

koppie klim en tuur oor Suikerbosrante
saadjies saai vir volgende seisoen
my styf vashou en liggies soen
lang reise om alles te deel
stilhou by elke koffieplek
geen probleem

soveel avontuur, gesels oor God en die natuur
net te goed om waar te wees,
stadig begin ek die leun te lees
teleurstelling en woede dit alles was net een
groot bedrog

Mammon is sy God, dit is sy eerste gebod
avontuur van galante heer, was net 'n front
alleen stap ek verder
woede en teleurstelling
is nou eers my toekomsavontuur.

My Pa

Kop onderstebo
sit hy rustig en suig aan sy kromsteelpyp
gryse bokbaardjie en netjiese snor
stomende koppie koffie op die geelhout tafel
af en toe neem hy 'n sluk
hy tuur wyd en beplan sy tyd

hy, my eerste liefde
sagte oë en harde hande
goeie hart met ope arms
wat sal veg vir ma en kinders
soos Josef, pa van Jesus
was hy ook 'n skrynwerker van beroep
geen lui haar op sy kop

hande staan verkeerd vir geen taak te groot
wysheid van Salomo en Geduld van Job
inenting van tak-op-tak
stook van sappe en mampoer
'n liefdesblommetjie uit die veld vir ma
arms wat sonder skaamte haar sou omvou

kennis van God en Sy Woord
die Bybel voor sy bed, nie net in nood
trots stap hy met my aan sy, sy
die lang gang, tot voor die kansel in die kapel
filosoof met waarhede

'n aanhaling wat hy sou gebruik:
if life was something that money could buy
the rich would live and the poor would die

droewige dag my hart in stukke
wie sou kon raai
hy lê in 'n houtkis oortrek met blomme
alleen stap ek die gang af
om vir oulaas hom te groet
my Pa, die oubaas.

*(aanhaling: John H Sibley)